OHSAMA BUNKO

# 眠れないほどおもしろい 百人一首

板野博行



三笠書房

恋のうた、季節のうた、旅のうた――
百人一首の世界へ、ようこそ！

# はじめに 『百人一首』には人間ドラマのすべてがある！

『百人一首』は、和歌の大家・藤原定家《ふじわらのていか》が、鎌倉時代初期に京都の小倉山の山荘で撰《えら》んだものです。

当時は「百首の歌をそろえる」というのが、一つの流行だったようで、定家も、息子の義理の父に頼まれて、何千、何万という和歌の中から「これぞ」という百首を選《え》りすぐって色紙にしたためました。

和歌文化が最も豊かに花開いた奈良〜平安時代の貴族社会では、恋も結婚も社交も時に出世も、歌を上手に詠めなければままならない、そんな仕組みになっていました。

ですから、『百人一首』に登場する歌人たちにとって、歌を詠むことは生活の営みの一部であり、〝生きること〟そのものだったと言っても過言ではありません。

何を美しいと感じ、何に情趣を見出し、それをどんな言葉によって表現するか――。彼らは「五・七・五・七・七」の形式の中に、命を込めていました。

恋の喜び・切なさ、四季折々の美に触れる感動、別れの哀しみ、世の無常など、人生で味わう〝もののあはれ〟のすべてを、わずか三十一文字に凝縮させたものが和歌なのです。

そうして詠まれた一首一首は、歌人たちの感性がきらめく、〝美意識の結晶〟と言えるものです。

しかも、定家によって撰ばれた和歌のベスト・セレクションである『百人一首』は、現代に至るまで数百年にわたって、日本人が心を重ね、共鳴し、広く親しみ続けてきたものなのです。

本書では、私が撰者・藤原定家になりきったつもりで、和歌の解説をしてみました。また、年代順ではなく、テーマごとに章分けをすることで、従来とは違った新しい『百人一首』の姿を浮かび上がらせることに力を注ぎました。

和歌に込められた百人の歌人の想い、人物像、詠まれた場面や背景、そして定家がなぜその和歌を撰んだのか――ぜひ百首の中から、あなただけの〝お気に入りの一首〟を見つけてください。

板野博行

もくじ



1章 厳選！　あの「有名歌人」たちの〝究極の一首〟

# 2章 心ときめく！　雅でドラマチックな恋の歌

## 3章

# 百花繚乱！ 宮廷女房の華やかな知性薫る歌

# 4章

# 〝意外な背景〟あり！ 知れば知るほどおもしろい歌

5章

## 恋を失ったとき……涙とともに味わう歌



6章

## これぞ名歌！ 匠たちの〝技巧〟に酔いしれる歌

## 7章 春夏秋冬……色とりどりの〝四季〟を堪能する歌

## 8章 しみじみと〝人生の奥深さ〟を味わう歌

本文イラストレーション＊中口美保

※人物や作品の名称、読み方は、広く知られているものを優先して使用しています。

# 和歌の魅力を今に伝える『百人一首』とは?

『百人一首』とは、百人の歌人の秀歌を一首ずつ撰んでまとめたもの。

日本には『後撰《ごせん》百人一首』『源氏《げんじ》百人一首』『女《おんな》百人一首』など、『百人一首』と呼ばれるものがいくつもあるが、一般的に『百人一首』といえば、藤原定家が撰んだ『小倉《おぐら》百人一首』を指す。現代でも「歌かるた」として人気のものだ。

なぜ『小倉百人一首』と呼ばれるのかというと、撰者である藤原定家の別荘が京都の小倉山にあったことに由来する。

藤原定家は、平安時代末期から鎌倉時代初期にかけて活躍した歌人。

72歳で出家して、和歌の研究書などを書いて過ごしていたところ、息子・為家《ためいえ》の妻の父親である宇都宮頼綱《うつのみやよりつな》から、別荘の障子(現在のふすま)に貼る色紙を全部和歌で飾りたいので撰んでくれ、と依頼を受け、『小倉百人一首』が生まれることになる。

若い頃は後鳥羽院《ごとばいん》に気に入られ『新古今和歌集《しんこきんわかしゅう》』や『新勅撰和歌集《しんちょくせんわかしゅう》』といった勅撰和歌集《ちょくせんわかしゅう》（天皇や上皇の命によって作られた歌集）の編纂にも携わった定家だが、その後鳥羽院と意見が対立し、結局自分の思うような歌集にはできなかった経緯もあった。

ところがこの『小倉百人一首』は、最初から最後までぜ～んぶ好きなように撰んでいいというのだから、定家もさぞ気合いが入ったことだろう。

百首のうち恋の歌が四十三首、秋の歌が十六首（春六首、夏四首、冬六首）と多いのは、恋と秋の歌を好んだ定家の好みを反映した結果だと言える。

また『百人一首』は1番の天智天皇《てんじてんのう》（大和《やまと》時代）から始まり、100番の順徳院《じゅんとくいん》（鎌倉時代）まで、おおむね時代順に配列されている。それらの歌人の生涯、歌の詠まれた背景を知れば、よりいっそう深く和歌の世界に触れることができるはずだ。

# これだけは知っておきたい「和歌の基礎知識」

「五・七・五・七・七」の句で構成される和歌の魅力を堪能するために、ぜひ知っておきたいのが「修辞法」という〝言葉のテクニック〟だ。これらを頭に入れておくと、それぞれの歌に幾重にも込められた意味を、漏らさず理解できる。さらに、そうした技巧を使いこなしていた王朝歌人たちの、豊かな知性と発想力に驚かされるはずだ。

## 掛詞《かけことば》

掛詞は一つの語に二つ以上の意味を重ねて用いる修辞法だ。たとえば、

○花《はな》の色《いろ》は　移《うつ》りにけりな　いたづらに　わが身世《みよ》にふる　ながめせしまに

この小野小町《おののこまち》の歌では、「ふる」に「(時が)経《ふ》る」と「(雨が)降る」、「ながめ」に「長雨」と「眺め（ここではあれこれと物思いにふけること）」が掛

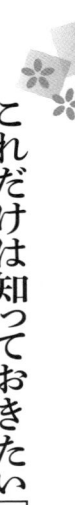

けられている。何と何が掛けてあるのか、クイズ感覚で楽しむとおもしろい。

## ◈枕詞《まくらことば》

枕詞は、特定の語句を導き出すために置かれて、修飾したり、あるいは句調を整えたりする語句のこと。修飾する語と修飾される語との間には一定のルールがあって、個人の創造は許されていない。たとえば、

**○ちはやぶる　神代《かみよ》も聞《き》かず　龍田川《たつたがは》　から紅《くれなゐ》に　水《みづ》くくるとは**

この在原業平《ありわらのなりひら》の歌では、「ちはやぶる」が「神」を導き出すための枕詞だ。
基本的に枕詞の字数は五音で、その語自体は意味を持たないので訳す必要がない。

## ◈縁語《えんご》

縁語は、ある語を中心に、その語と関係のある語を使って表現を豊かにするテクニック。さきほど例に挙げた小野小町の歌では、「長雨が↓降る」「眺めて↓時が経る」が縁語。一種の連想ゲームだと思ってもらえばいい。

## 序詞《じょことば》

序詞は、ある語句を導き出すためにその前に置く修飾部分のこと。たとえば、

○あしびきの　山鳥《やまどり》の尾《お》の　しだり尾《お》の　ながながし夜《よ》を　ひとりかもねむ

この柿本人麿《かきもとのひとまろ》の歌は、「あしびきの　山鳥の尾の　しだり尾の」の部分が「ながながし」を導く序詞だ。序詞が枕詞と異なるのは、音数の決まりがなく、個人が自由に創作できる点。

現代人の感覚からすると、前半部分がすべて特に意味のない序詞になっているなんて不思議だが、古代の歌謡ではこうした形式的な導入から歌の内容に入ることが、とても大切とされていた。

## 本歌取《ほんかど》り

本歌取りは、優れた古歌を意識的に取り込んで、その歌の持つ情緒や趣向を取り入れる技法。たとえば、

○来《こ》ぬ人《ひと》を　松帆《まつほ》の浦《うら》の　夕《ゆふ》なぎに　焼《や》くや藻塩《もしほ》の　身《み》もこがれつつ

藤原定家《ふじわらのていか》の読んだこの歌は、『万葉集《まんようしゅう》』に収められた笠金村《かさのかなむら》の長歌「淡路島

松帆の浦に 朝なぎに 玉藻刈りつつ 夕なぎに 藻塩焼きつつ 海人娘人《あまをとめ》 ありとは聞けど……」という歌を本歌取りしている。

古歌の知識がないと使えない技法だが、歌人としては逆にそうした素養があることを見せ付けるよいチャンスでもあった。

## 歌枕《うたまくら》

歌枕は、和歌に詠み込む枕詞や地名のこと。また、古来より歌の中に詠まれてきた名所。百人一首では三十カ所以上の歌枕が登場する。中でも「逢坂《あふさか》」「難波《なには》」は三首、「龍田川」「吉野《よしの》」「宇治《うぢ》」は二首にそれぞれ登場する。

一首の中に三カ所も歌枕を入れている歌（第60番）もある。今も当時の面影を残している場所もあるので、訪ねてみるのもおすすめだ。

## 句切れ

結句（第五句）以外で、歌の意味や調子が切れるところのこと。

# ガイドは、藤原定家が行ないます！

ここからは、『百人一首』の撰者である藤原定家自らが、歌人たちのエピソードを紹介し、歌の解釈などをしていく。文中に「ボク」とあったら、それは『百人一首』の撰者である藤原定家のことなので、よろしくね！

# 1章

# 厳選！ あの「有名歌人」たちの〝究極の一首〟

この章では、小野小町や在原業平、和泉式部ら「和歌界のスーパースター」とも言える、有名な歌人たちの歌を紹介する。彼らの〝究極の一首〟を味わい、王朝の雅を堪能してほしい。

第9番

小野小町《おののこまち》
（生没年不詳）

# 花《はな》の色《いろ》は　移《うつ》りにけりな　いたづらに
# 我《わ》が身《み》世《よ》にふる　ながめせしまに

訳：美しい桜の花の色も、春の長雨が降っていた間にすっかり色あせてしまいました。私の美貌も、物思いにふけりながら世を過ごしている間に、ずいぶん衰えてしまったものです。

「世界三大美人」の一人に数えられる小野小町。しかし、実は彼女の生没年は、はっきりとわかっていない。『古今和歌集《こきんわかしゅう》』には「いにしへの衣通姫《そとほりひめ》（伝説上の美女）の流《りう》なり」と書かれていて、ものすごい美女だったのは本当らしく、かの平安時代の〝色男〟代表の在原業平《ありわらのなりひら》とも関係があったとか。

ただ、自分が美人なことを鼻にかけているちょっと高ビーなタイプで、有名な話「百夜通《ももよがよい》」は、深草少将《ふかくさのしょうしょう》という男性が小町のもとに九十九夜も通いつめて求愛したのに、小町はついに心を許さなかったというもの。深草少将は小町のところに九十九夜

通ったところで、精根尽き果てて亡くなってしまうんだ、かわいそうに。

## 〝絶世の美女〟がゆえの晩年の嘆き

小野小町は、和歌の名手として名高い歌人が挙げられた六歌仙と三十六歌仙の両方に選ばれている数少ない人物。この歌でも、その優れた腕を見せつけている。

「花の色」はもちろん桜の花の美しい色を言うものだが、ここでは女性の美貌の比喩にもなっている。時の経過とともに、その美しさが衰えていくことを嘆いているんだ。

「ふる」に「(時が)経る」と「(雨が)降る」、「ながめ」に「長雨」と「眺め（ここでは、あれこれと物思いにふけること）」を掛けているあたり、掛詞としては定番だけど、人生の無常と眼前のそぼ降る雨の情景とが二重写しになって、物思う小町の心情がしみじみと伝わってくる名歌だ。

堂々と自分を花（桜）に見立てているあたり、ちょっとどうかなと思うけど、何せ世界の小野小町だから許しちゃおう。年をとるにつれて美貌が衰えるのは仕方のないところだけど、平安時代随一の美女と謳われた小野小町だから、その哀しみは人一倍強かったのではないかな。

上の句と下の句の最後が「に」で終わっていて、語調が整えられているけれど、この部分に余情を感じてしまうのはボクだけかな。

世評では「色見えで うつろうものは 世の中の 人の心の 花にぞありける」が小町の代表歌のように言われているけど、ボクがこちらの歌を撰んだのは、やはり小町が自分の容姿の衰えを嘆いている様が、人生の無常と重なって哀れを誘うからだ。

「花の命は短くて苦しきことのみ多かりき」とは『放浪記《ほうろうき》』の著者として有名な作家、林芙美子《はやしふみこ》の名言だけど、小町に当てはめると本当にそうだとしみじみするよ。

『卒都婆小町《そとばこまち》』という能の作品があるけれど、杖をつき落ちぶれた姿をした老婆こそ、かつては絶世の美女と謳われた小野小町だったという物語なんだ。最後に老婆にとりついて狂わせるのは、九十九夜通ったところで命を落としたあの深草少将だったというオチは、人生の因果応報を再現してあまりあるものだ。

第17番

ちはやぶる　神代《かみよ》も聞《き》かず　龍田川《たつたがは》
から紅《くれなゐ》に　水《みづ》くくるとは

在原業平朝臣《ありわらのなりひらあそん》
（825－880年）

訳：不思議で奇跡的なことが多かったという神代にも、こんなことは聞いたことがありません。この龍田川で、鮮やかな紅色に水をくくり染めにするなどということは。

在原業平は、平安時代を代表するプレイボーイで、一説によると一生のうちに枕をともにした女性は、若い娘から上は99歳まで、その数は三千七百三十三人にもおよんだそうだ。でも、彼の名誉のために言っておくと、それは業平がなんでもありの遊び人だったわけではなく、風流心を持ち、情愛に富む優しい男性だったってことだ。

彼が主人公のモデルとされる『伊勢物語《いせものがたり》』は、ある男の元服から死に至るまでが全百二十五段にわたって綴《つづ》られた歌物語だ。「昔、男……」で始まる段が大半で、その「男」とは在原氏の五男の中将、つまり在原業平のことだと考えられたところから、別名『在五《ざいご》が物語《ものがたり》』『在五中将《ざいごちゅうじょう》の日記《にっき》』とも呼ばれる。

その内容は二条《にじょう》の后《きさき》との悲恋や、伊勢斎宮《いせのさいぐう》との禁忌《きんき》の恋など男女の恋愛話が多いけど、東国へと流離する「東下《あずまくだ》り」なども織り交ぜた、貴族の一代記となっている。

そんな業平の歌を、『古今和歌集』の仮名序《かなじょ》（仮名で書かれた序文）の中で紀貫之《きのつらゆき》は「その心あまりて、ことばたらず。しぼめる花の色なくてにほひ残れるがごとし（感情ばかりが溢れて、言葉で表現しきれていない。しぼんだ花の美しさは消えて、匂いだけが残っているようだ）」と書いている。「ちはやぶる」の歌も業平の感嘆は伝わってくるけれど、あまり洗練されているとは言えないのが正直なところ。

## 歌に秘められた〝身分違いの悲恋〟

しかし！　この歌が実は屏風歌《びょうぶうた》であることを知ると、別の解釈ができる。「屏風歌」とは、屏風に描かれた絵を主題として詠む和歌のこと。この歌は、二条の后と呼ばれた清和天皇《せいわてんのう》の皇后高子《こうごうたかいこ》の屏風絵を題にして詠んだもの。そして、この高子こそ、業平の若き日の一世一代の恋の相手であった。

『伊勢物語』第六段によると、二人は高子がまだ宮中に上がる前に、ひそかに恋人同士になって逢瀬を重ねていたが、身分違いの恋が実るはずもないことを悟って、あるとき遂に駆け落ちしたんだ。なんと業平が高子を背負って逃げたんだけど、彼女の兄

に露呈して連れ戻され、業平は泣きに泣いた。

そんな過去があったから、この歌を詠むにあたっては、特別な思いもあったと想像される。

歌の背景にある業平の思いは、「あなたのことが、かつても今も大大大好きです。あなたは見たこともないくらい美しいですね！」という熱いものなのだ。

「ちはやぶる」は「神」の枕詞。「神代も聞かず」は「神代にも聞いたことがない、ましてや人間界にあるはずがない」の意だが、前述したように、これは高子への最大級の賛辞だろう。

「龍田川」は奈良県生駒郡《いこまぐん》を流れる川で、紅葉の名所でもあり、歌枕。

「水くくる」というのは、水をくぐることではなく「くくり染め（しぼり染め）」のこと。ここでは、龍田川が紅葉のくくり染めをしているという擬人法を使って表現しているのだ。

第35番

紀《きの》貫《つら》之《ゆき》
（生年不詳 - 945年）

# 人《ひと》はいさ　心《こころ》もしらず　ふるさとは
# 花《はな》ぞ昔《むかし》の　香《か》ににほひける

訳：人の心は変わりやすいものだから、今のあなたの気持ちは、さぁどうだかわかりません。しかし、この古くから慣れ親しんだ場所の梅だけは、昔のままの懐かしい香りで私を迎えてくれます。

紀貫之は『古今和歌集』を編纂し、またその「仮名序」を著した大歌人だ。

「やまとうたは、人の心を種として、よろづの言の葉とぞなれりける」で始まるこの仮名序はあまりに有名であり、また後代の文学にとても大きな影響を与えた。

「力をも入れずして、天地《あめつち》を動かし、目に見えぬ鬼神《おにがみ》をもあはれと思はせ、男女の仲をもやはらげ、たけき武士の心をもなぐさむるは歌なり（力を入れずとも天地を動かし、目に見えない鬼や神の心までしみじみと感動させ、男女の仲も和らげ、荒ぶる武士の心をも慰撫《いぶ》するのが歌である）」という名文は、本当にうなずけるものだ。

また、優れた歌人として「六歌仙（193ページ参照）」を選んだのもこの紀貫之だ。『古今和歌集』の百一首を始め、合計四百首を越える歌が勅撰和歌集に入集しているのは紀貫之とボク（藤原定家《ふじわらのていか》）だけで、当代歌壇の最高峰にいたことは間違いない。もちろん三十六歌仙にも選ばれている。

さらに紀貫之は『土佐日記《とさにっき》』を著したことでも有名だ。『土佐日記』は土佐守《とさのかみ》の任期が終了し、海を渡って京都に帰るまでの旅の記録で、仮名文字で書かれた日本最古の日記。当時、仮名は女性が書くものだったので、わざわざ女性のふりをして書いているところも興味深い。「男性は当然、漢字（真名《まな》）を書くもの」という常識にとらわれない紀貫之の発想の柔軟さをよく表わしている。

しかし、残念なことに紀氏一族は藤原氏との権力闘争に敗れてしまい、政治家としては活躍の場がなかった。そこで紀貫之は文学の世界に専念し、日本文学の確立に大きな影響を与えることになるんだ。

## 懐かしく香る梅の花の下で……

「人はいさ」の歌は、貫之が大和国《やまとのくに》（現在の奈良県）長谷寺《はせでら》に参詣するたびに泊まっていた宿を久しぶりに訪れたときに詠んだ歌。その家の主人が「宿はここにちゃんとあるのに、とってもお久しぶりじゃない」とちょっと皮肉を言ってきた。

それに対して貫之は、そばに咲いていた梅の枝を折り、この歌を添えて渡したんだ。「人の心は変わりやすいものだけど、昔馴染みの里の梅だけは、昔のままの懐かしい香りを放って私を迎えてくれます」と詠まれた日には、一本取られましたと言うしかないよね。

「花」はここでは「梅の花」。上代においては「花」と言えば「梅の花」のことを指していたが、平安時代に入ると「桜の花」を指すようになる。この歌は『古今和歌集』に収められているもので、その詞書《ことばがき》に「梅の花を折りてよめる」とあるところから「梅の花」とわかる。「匂ひ」は美しく映える視覚的な美しさと、嗅覚による香りの、二つの意味を含んでいる。

この歌の相手が、男性か女性かはわからない。しかし貫之にこんな機知に富んだ歌を即答されたら、ギャフンとなりつつも思わず「参りました〜！」と明るく笑ってしまいそうだ。お互いに信頼しあっているからこその、風流なやりとりだ。

ちなみに宿の主人の返歌は「花だにも　おなじ心に　咲くものを　植ゑたる人の　心しらなん（＝花でさえ昔と同じ心のままに咲きますのに、ましてそれを植えた人の心を覚えていてほしいものです）」というもの。

もしかしたら、この宿の主人は「女性」で、このやりとりと歌が二人の間の遠い昔の恋愛を暗示していたかもしれないと考えると、なかなかにロマンチックだね。

あらざらむ　この世《よ》のほかの　思《おも》ひ出《いで》に
今《いま》ひとたびの　逢《あ》ふこともがな

和泉式部《いずみしきぶ》
（生没年不詳）

第56番

訳：私はもうすぐこの世を去ります。あの世へ持っていく思い出として、せめてもう一度、あなたにお逢いしたいと願っています。

和泉式部は、代々学者の家系に生まれ、身分的には受領《ずりょう》（地方の行政官）程度の家柄だった。しかし母が後宮に仕えていた関係で女官たちと交流を持ち、さらに和泉《いずみの》守《かみ》橘道貞《たちばなのみちさだ》と結婚して「和泉式部」と呼ばれるようになった。

和泉式部は早くから歌人としての名声が高かったが、恋多き女性としても当時から有名だった。夫との間に小式部内侍《こしきぶのないし》（第60番）という娘に恵まれたのに、宮廷の華やかな世界への憧れもあったのか、年下の貴公子為尊親王《ためやすしんのう》と恋に落ちてしまい、それが原因で夫からは離婚され、親からも勘当されてしまうんだ。

## 二人の親王との、身も心も燃やした情熱的な恋

その後、家庭を崩壊させてまで恋した為尊親王が、若くして病気で亡くなってしまい、和泉式部はかなり落ち込んだ。しかし、こともあろうに為尊親王の弟・敦道親王《あつみちしんのう》に激しく言い寄られてつき合うことになる。

ところが、かわいそうなことに、敦道親王までも若くして亡くなってしまい、式部の二度の恋愛はあっけなく終わってしまう。

でも、そこは才女の式部のこと、敦道親王との恋愛を『和泉式部日記《いずみしきぶにっき》』に記し、情熱的で才能のある女流歌人として名を高めることになるんだ。

その後、藤原道長《ふじわらのみちなが》の娘、中宮彰子《ちゅうぐうしょうし》の女房として仕え、藤原保昌《ふじわらのやすまさ》と再婚するんだけど、他にも数多くのボーイフレンドがいたらしく、多くの恋歌を詠んでいる。私生活は決して褒められたものではないけれど、和歌の才能に関しては、辛口の人物批評をする紫式部《むらさきしきぶ》も、「正統派ではないが、必ず洒落《しゃれ》たひと言が入っている」と褒めている。

## 最期にもう一度あなたと×××……

この歌の詞書《ことばがき》には「心地《ここち》れいならず」とあるので、このとき、和泉式部の病は相当に重い様子であることがわかる。歌においても「あらざらむ」は「死んでしまう」こ

とを意味しているので重体レベルだ。
しかし、病床に臥す和泉式部は恋人（相手は不明）に向かって、「この世のほか（あの世）」への「思ひ出」として、「あなたともう一度逢いたい」と大胆な歌を詠んでいる。
しかも、ここで彼女が求めているのは単なる逢瀬ではなく、ズバリSEX。死を前にした女性が詠んだとは思えない内容だけど、逢瀬を重ねた恋人と、もう一度最後に逢って体を重ね合いたいと願う気持ちがストレートに伝わってくる歌だ。
死期が迫る状況にありながら、「今ひとたびの逢ふこともがな」と歌える情熱の凄まじさ。いやはや、こんな和歌が贈られてきたら、男としては放っておけるはずがない！

めぐり逢《あ》ひて　見《み》しやそれとも　わかぬまに
雲《くも》がくれにし　夜半《よは》の月《つき》かな

第57番
紫式部《むらさきしきぶ》
（970?年 - 没年不詳）

訳：めぐり逢ったのかどうか、それすらわからないうちに雲隠れした夜中の月のように、あの人もあっという間に帰ってしまったことです。

紫式部は、藤原兼輔《ふじわらのかねすけ》（第27番）を曾祖父に持ち、父親は越前守《えちぜんのかみ》藤原為時《ふじわらのためとき》で漢学者。幼い頃から聡明で、男兄弟よりも上手に漢文を読みこなす少女だったようで、父親も「この子が男に生まれてきていたらなぁ」とその才知を惜しんだとか。

その後、父親ほど年の離れた藤原宣孝《ふじわらののぶたか》と結婚し、娘の大弐三位《だいにのさんみ》（第58番）が生まれたものの、夫の宣孝は早々に死んでしまった。新婚まもなく未亡人となった紫式部だが、かの権勢を誇る藤原道長《ふじわらのみちなが》に認められて、一条天皇《いちじょうてんのう》の中宮彰子《ちゅうぐうしょうし》（道長の娘）の女房として出仕することになるんだ。道長がこの才女を放っておくわけがない！

さて、紫式部が彰子の女房になった頃に書かれたのが『源氏物語《げんじものがたり》』だ。この長編物語は四百字詰めの原稿用紙にして、なんと約二千四百枚！「紫式部」という名は『源氏物語』のヒロイン、紫の上《むらさきのうえ》から名づけられたものと言われている。大恋愛スペクタクル巨編である『源氏物語』は当時から大人気で、女房たちがみんな我先にと手に入れようとしたベストセラーだったようだね。

## 〝平安時代随一の才媛〟が幼友達に詠んだ歌

この紫式部の歌は、「めぐり逢ひて」と始まるので恋の歌かと思いきや、実は幼友達に詠んだ歌だ。

『新古今和歌集』の詞書に「はやくよりわらは友達に侍りける人の、年頃経て行き逢ひたる、ほのかにて、七月十日の頃、月にきほひて帰り侍りければ（＝以前から友達だった人に何年か経って会った。が、あまりにつかの間で、七月十日の夜半に沈む月と競うように帰ってしまいましたので）」と説明されている。

初句「めぐり逢ひて」は六字と、一字多い字余りになっている。声に出して読んでみるとわかるけど、この字余りはなかなか効いていて、久しぶりに会った友達とのやっとの再会という感じが上手く出ている。

後半は、「（あっという間に）雲隠れした夜中の月であることよ」という意味だが、言外に「あなたはその月と同じくらい、あっという間に帰ってしまいましたね」という意味が隠されている。字余りからスタートしているので、後半にスピード感が出て、「あっという間」というのが体感できる歌に仕上がっている。

## 天才ゆえの〝深い孤独〟がにじむ歌

紫式部の書いた『源氏物語』には八百首近く和歌が入っているけど、それぞれの和歌が登場人物になりきって見事に詠まれている。しかも、それぞれの登場人物の和歌の力量に合わせて詠んであるんだから、恐るべき才能の持ち主といえる。

そんな中でも、ボクが幼友達に詠んだこの歌を紫式部の代表作として撰んだのは、彼女が天才ゆえの孤独に悩み、自己存在というものに対する深い洞察を持っていた人物だからだ。

「めぐり逢ひて」の歌は、かつての女友達が久しぶりに訪ねてきたものの、あっという間に帰ってしまって寂しい、ということを歌った単純な歌のようにも思えるけど、その奥にはもっと底深い、紫式部の孤独感がにじんでいると思えるんだ。

『源氏物語』という途方もない傑作を書いてしまった紫式部の心の闇が、「雲がくれにし夜半の月」に重なるように思えるのはボクだけかな。

# やすらはで　寝《ね》なましものを　小夜更《さよふ》けて　かたぶくまでの　月《つき》を見《み》しかな

第59番
赤染衛門《あかぞめえもん》
（生没年不詳）

訳：（あなたが来ないと知っていたら）ためらわないで、とっくに寝ていたでしょうに。信じて待っている間に夜が更けてしまい、西の山の端に傾くまでの月を見てしまいましたよ。

赤染衛門は、赤染時用《あかぞめときもち》の子とされているけど、実は母親の前夫である平兼盛《たいらのかねもり》（第40番）の子という説もある（母親が兼盛との婚姻中に時用と浮気していたらしい……）。

赤染衛門は、時の権力者である藤原道長《ふじわらのみちなが》の正妻・倫子《りんし》とその娘・中宮彰子《ちゅうぐうしょうし》に仕えたが、同僚の女房には紫式部《むらさきしきぶ》や和泉式部《いずみしきぶ》など、そうそうたるメンバーがいた。

そうした女房たちの中でも、赤染衛門は当代屈指の歌人として名高かったんだけど、その才能をひけらかすわけでもなく、性格は穏やかで寛容。その証拠に、ライバル陣営（皇后定子《こうごうていし》側）に属する清少納言《せいしょうなごん》とも交流があって、誰からも好かれる人柄だった。

辛口批評で有名な紫式部も、『紫式部日記』の中で、赤染衛門の才能には一目置いているように書き残している。

また、赤染衛門は大江匡衡《おおえのまさひら》と結婚し、おしどり夫婦だったことでも有名。息子の大江挙周《おおえのたかちか》が病気で倒れたときには、住吉大社に歌を奉納して、その歌に感動した神様が挙周の病気を治してくれたとか。歌が上手いと、神様のご加護があるんだね！

## 男への〝恨み言〟をいかに詠む？

「やすらはで」の和歌は、実は赤染衛門が妹のために代作したもの。平安時代においては、和歌が苦手な人に代わって上手な人が代作をしてあげることは、ごく普通に行なわれていた。恋の相手は、後に関白になる藤原道隆《ふじわらのみちたか》だ。相手にとって不足なし！「今夜、会いに行くからね」と道隆から連絡を受けた赤染衛門の妹は、寝ないでひたすら待っていたようだけど、ついに道隆は現われなかった。

待ちくたびれた彼女の心情を考えると、本当なら恨み言の一つも言いたいところ。しかし、そこはさすが赤染衛門、「やすらはで 寝なましものを（ためらわないでとっくに寝ていたでしょうに）」といきなり反実仮想（現実に反することを想定すること）の後半部からスタートして、省略されている「あなたが来ないと知っていたら」を想像させる形になっていて、実にお見事！

その後は「小夜更けて」と一気に転じ、そして下の句の「かたぶくまでの月を見しかな」に至ると、まるで絵巻物を見ているような情景が浮かんでくる。

## これが〝イイ女の詠みっぷり〟ってものなんです

妹のための代作とはいえ、こんな歌が詠めるなんて、赤染衛門もきっと同じような恋の悩みをしたことがあったんだろうね。当時は「通い婚」が普通だから、女性は男性が逢いにきてくれるのをじっと待つしかなく、その心もとなさは相当なものだったろう。

ともすれば、逢いにきてくれなかった男へのジメッとした恨み節になりがちなのに、この「やすらはで」の和歌ではあえて感情を爆発させないことで、逆に余情がしみじみと伝わってくる仕掛けになっている。まさに〝イイ女〟の詠みっぷりだ。

和歌の名手であり、人格的にも洗練されていた赤染衛門の真髄が伝わってくる名歌と言えるだろう。

第62番

清少納言《せいしょうなごん》
（生没年不詳）

夜《よ》をこめて　鳥《とり》のそら音《ね》は　はかるとも
よに逢坂《あふさか》の　関《せき》はゆるさじ

訳：まだ夜の深いうちに鶏の鳴き声をまねて上手くだまそうとしても、中国の函谷《かんこく》関《かん》ならともかく、あなたと私の間にある逢坂《おうさか》の関《せき》は決して通ることを許さないでしょう。

清少納言は、清原元輔《きよはらのもとすけ》（第42番）の娘。清少納言の「清」は名字の清原からとったもの。一条天皇《いちじょうてんのう》の皇后定子《こうごうていし》に仕え、当時の宮中の生活を書いたのが随筆『枕草子《まくらのそうし》』だ。

清少納言も紫式部《むらさきしきぶ》と同様、教養の高いインテリ女性だった。紫式部と違うのは、その才能を包み隠さなかったこと。平安時代の女性は仮名文化で、漢字は男性の教養だったが、清少納言は「私、漢字もデキちゃうの」と周囲にひけらかしていた。

そんな彼女を紫式部は『紫式部日記』の中で、「イヤな女！　私だって漢字くらい書けるけど、得意顔で周囲に見せつけるものじゃないわ。間違いだって多いし、たい

したことないわ！」と痛烈に批判している。しかし、実は二人が女房として宮中に仕えていた時期はズレており、接触はなかったと思われる。

## 〝ずば抜けた教養〟に裏打ちされた一首

この和歌は、書の名手・三蹟《さんせき》の一人、藤原行成《ふじわらのゆきなり》とのやりとりの一部。ある晩、二人で話をして盛り上がっていたのに、行成が宮中の物忌みを理由に帰ってしまう。翌朝、行成から「昨日はごめん、鶏が鳴いたから帰ったんだよ」と言い訳の手紙が届く。

聡明な清少納言は中国の故事を引き合いにして、「鶏っていうのは、鶏の鳴き声でだまして函谷関を開けさせたっていう、あれでしょ？」とキツい皮肉を返したんだ。

行成は彼女の機知に富んだ返事が嬉しくて、「違います！　函谷関じゃなくて逢坂の関（男女の仲を暗示）です」なんて安易に書いて返したもんだから、清少納言がキレて、「あなたと逢坂の関なんか越えません！」と詠んだのが、この歌だ。

「夜をこめて 鳥のそら音は はかるとも」の「鳥」は、ここでは鶏のこと。ここまでは、中国の「孟嘗君《もうしょうくん》」の故事を踏まえている。斉《せい》の孟嘗君が、秦《しん》を脱出しようと夜中に函谷関にさしかかったとき、一番鶏が鳴かないと門が開かなかったので部下の一人に鶏の鳴き声を真似させたところ、付近の鶏がいっせいに鳴き出して朝を告げ、それにだまされた門番が門を開けて無事に通過することができた、という故事だ。

それを踏まえて清少納言は、私をうまくだまそうとしてもダメよ！とピシャリとやり返している。恋バナの最中に中国の故事を持ち出すなんて、高慢ちきな女性だととらえる人もいるだろうけど、それが許されるのが清少納言なんだ。『枕草子』の中で彼女自身が自慢しているように、やっぱり彼女との機知に富んだやりとりは、いくらギャフンと言わされようとも多くの男性貴族たちが喜んでいたようだ。

しかし、定子が若くして亡くなった後は、清少納言も不遇のうちに一生を終えたらしい。『枕草子』の世界があまりにキラキラ輝いたものであるだけに、それを知ると哀れな感じがするね。

第86番

西行法師《さいぎょうほうし》

（1118 - 1190年）

嘆《なげ》けとて　月《つき》やはものを　思《おも》はする
かこち顔《がほ》なる　わが涙《なみだ》かな

訳：「嘆け」と言って、月は私に物思いをさせるのだろうか。いや、そうではないのに、月のせいにして流れる私の涙よ。

西行は俗名を佐藤義清《さとうのりきよ》という。鳥羽院《とばいん》の北面《ほくめん》の武士（御所の北側を警護する武士）として仕えていたんだけど、23歳のときに突然出家したと言われているんだ。出家の理由は、親友の死だとか、高貴な女性への失恋だとか諸説ある。時代的にも、政治権力が朝廷から武士に移行する過渡期だったので、世を儚んで出家したのかもしれない。

妻子もいたらしく、幼い愛娘が足にまつわりつくのを蹴飛ばして出家の決意をしたと言われているんだ。ボクの父・俊成《しゅんぜい》（第83番）とも親しく、突然の西行の出家に、父もとても困惑したらしい。いずれにせよ、23歳で出家したからには、それ相応の理由があったに違いない。

## 「満開の桜の下で、春に死にたい」

出家後の西行は仏道修行をしながら諸国を旅してまわった。漂泊の歌人だね。和歌も多く残していて、恋歌も上手だから、現代の人にもとても人気があるようだね。

歌道に熱心だった後鳥羽院《ごとばいん》（第99番）も西行をお気に入りで、「西行は、おもしろくて、しかも心も殊《こと》に深く、ありがたくいできがたき方も共に相《あひ》兼《か》ねて見ゆ。生得《しょうとく》の歌人とおぼゆ。おぼろげの人、まねびなどすべき歌にあらず。（西行は生まれながらの天才歌人であり、その歌は趣深くて、しかも深い。一般人が適当に真似るべきレベルではない）」と絶賛しているんだ。

さらに西行の逸話や伝説を集めた説話集に『撰集抄《せんじゅうしょう》』『西行物語』もある。とにかく伝説のカリスマ漂泊歌人として有名だ。

花（桜）といえば西行、と言われるくらい桜を好み、多くの歌を詠んでいる。「ねがわくは 花のしたにて 春死なん そのきさらぎの 望月《もちづき》の頃（願わくば、満開の桜の下で、春に死にたい。釈迦《しやか》が入滅されたという、二月の満月の頃に）」と詠んだその望み通り、涅槃会《ねはんえ》の翌日、花盛りの旧暦の二月十六日に往生したそうだ。

ちょっとデキすぎた話で眉つばだけど、西行の実力にはケチのつけようがない。

## 漂泊の歌人が涙するのは、何のせい？

「嘆けとて」の歌は、「月の前の恋」というお題で詠まれたものだ。

「嘆けとて（月が私に嘆けと言って）」と、月に対する擬人法が使われている。つまり、「月が私に嘆けと言って物思いをさせるのであろうか、いやそうではなく（恋のせいなのだ）」という意味。「かこち顔」は「かこつける」、つまり「他人（ここでは月）のせいにする」という意味。

月は人を物思いにふけらせ、涙を流させるものと考えられていたのを踏まえて詠んだ歌で、自然と流れてくる涙の本当の理由は恋の悩みなのに、月が「泣け」と言っているようだ、と月のせいにしてしまう気持ちを歌っているのだ。

恋に惑って流す涙を、お月様のせいにする――ここに男のダンディズムを感じてほしい。

第89番

# 玉《たま》の緒《を》よ　絶《た》えなば絶《た》えね　ながらへば　忍《しの》ぶることの　弱《よは》りもぞする

式子内親王《しょくしないしんのう》
（1149-1201年）

訳：わが命よ、絶えるならば絶えてしまえ。このまま生きながらえると、秘めた恋心を隠す力が弱まって、想いが外に漏れてしまいそうだから。

式子内親王は後白河天皇《ごしらかわてんのう》の第三皇女。10歳から20歳くらいまでの十年間ほどを賀茂《かも》神社《じんじゃ》の斎院《さいいん》として過ごし、病気になって退任された。その後、伯母に当たる方のところに身を寄せたもののしばらくして出家し、誰とも結婚せず生涯独身を貫いたんだ。

式子内親王が生きたのは、平安時代末期の激動の時代だった。保元《ほうげん》・平治《へいじ》の乱《らん》から源平《げんぺい》の争いに至る流れの中、内親王の父・後白河法皇は平清盛《たいらのきよもり》と対立して幽閉され、同母兄の以仁王《もちひとおう》は平家打倒のため挙兵するが敗死、甥《おい》にあたる安徳天皇《あんとくてんのう》は幼くして壇《だん》ノ浦《うら》で亡くなった。この世の無常を若くして数多く経験したんだから、悟りの境地に

至っていても不思議ではない。

## 定家との〝秘めたる恋〟の真相は……？

歌人としては、ボクの父・藤原俊成《ふじわらのしゅんぜい》（第83番）に師事された、『新古今和歌集』時代の代表的な女流歌人だ。ボクが最初にお目にかかったのは治承五（一一八一）年正月のことで、ボクが20歳くらい、彼女はすでに30歳を過ぎていたけど、素敵な方だったなぁ。

その後も何かと式子内親王のもとへ伺ったんだけど、ボクの日記『明月記《めいげつき》』には、彼女の病気が重くなっていく様子やお見舞いに行ったことなどを記していたものだから、後世の人はボクたちが恋人同士だったなんて噂をしているようだね。真相はもちろん秘密だけど、ボクは式子内親王様を尊敬し、お慕いもしていた。

彼女は病気がちだったので心配も多かったけど、

歌を通してとても良い関係だったと思っているんだ。

## 深窓の内親王の〝内なる叫び〟

この歌は「忍ぶる恋」というお題で詠まれた、秘密の恋に堪え忍ぶ自らの心を詠んだ情熱的な歌だ。その相手は……ボ、いや、ご想像にお任せする。

「玉の緒」は魂と体をつなぎとめる緒（ひも）で、命のこと。「絶えなば絶えね（＝絶えるならば絶えてしまえ）」と絶唱している。この絶唱ぶりが、深窓の内親王の内奥に宿った恋の激しさを感じさせる。ここで二句切れ。そしてその後も上手い！

二句切れの後は、「ながらへば（＝もし生きながらえると）」と仮定し、そして「忍ぶることの弱りもぞする」と溜息ともつかぬ弱音を吐く。強弱のバランスが絶妙で、しかも前半の叫びは、実は限界まで堪え忍んだ末のものだったとわかる仕掛けになっている。

皇女として生まれ、しかも斎院をつとめた身は恋愛や結婚の自由もない。そんな境遇を宿命だと受け止めつつも、やはり一人の女性として愛する人への気持ちは抑えきれない。世間には絶対に知られてはならない秘密の恋。我慢に我慢を重ね堪え忍んできたけど、もう限界、だったら死んだほうがまし、という彼女の心の叫びはきっと、この歌を鑑賞する人すべてに伝わるだろうね。

第97番

権中納言定家《ごんちゅうなごんていか》
（1162－1241年）

来《こ》ぬ人を　松帆《まつほ》の浦《うら》の　夕《ゆふ》なぎに
焼《や》くや藻塩《もしほ》の　身《み》もこがれつつ

訳：いくら待っても来ない人を待つ私は、松帆の浦で夕凪の頃に焼かれて焦げる藻塩のように、切なさで身も焦がれる想いでいるのです。

ご承知の通り、『小倉百人一首』を撰んだのはボク、権中納言定家こと藤原定家《ふじわらのていか》だ。ボクは偉大な歌人・藤原俊成《ふじわらのしゅんぜい》（第83番）を父に持つというかなりのプレッシャーの中、『新勅撰和歌集《しんちょくせんわかしゅう》』や『新古今和歌集』を撰ぶなどして歌道に一生を捧げたんだよ。

父が提唱した和歌の理念「幽玄体《ゆうげんたい》（味わいの深いこと）」を受けて、それを深めた「有心体《うしんたい》（しみじみしていて風雅なこと）」を唱えてもいる。

## “身を焦がす”ような海の乙女の恋の切なさ

「来ぬ人を」の歌は、ボクが55歳のときに詠んだ歌。『万葉集《まんようしゆう》』に載っている笠金村《かさのかなむら》の恋の長歌を本歌としているんだ。

その歌は「……淡路島　松帆の浦に　朝なぎに　玉藻《たまも》刈りつつ　夕なぎに　藻塩焼きつつ　海人娘子《あまをとめ》　ありとは聞けど……」というもの。「本歌取り」とは、有名な和歌（本歌）の一部を使って自分の和歌を作るという、ボクが確立した技法だ。

本歌は煮え切らない男性が「松帆の浦の海女《あま》に会いたい」と詠んでいる歌だけど、ボクは恋人を待つ女性の立場になって詠んでみた。訪れのない恋人をひたすら待ち続ける乙女の心情は、きっと浜辺で焼かれる藻塩以上に、じりじりと身を焦がす、苦しく切ないものだろうね。

「松」は、「松帆の浦」の「松」と来ない人を「待つ」の掛詞。「松帆の浦」は淡路島北側の海岸の歌枕（和歌に多く詠み込まれる名所）。「夕なぎ」は夕方の凪で、無風状態のこと。

「藻塩」は、海藻に海水の塩分を多く含ませて焼き、水に溶かした後に煮つめて製した塩のことで、「藻塩焼く」というのは、そうやって塩を精製していく様子を言う。

「こがれ」は「焼けこがれ」と「恋こがれ」の掛詞だ。「こがれ」「焼く」「藻塩」は縁語。「松帆の浦の　夕なぎに　焼くや藻塩の」が「こがれ」の序詞となっている。

あらゆる技を巧みに使って、待てど暮らせど来ない恋人を待つ海の乙女の身のやるせなさや切なさを、松帆の浦の情景と重ねて表現したつもりだ。

## 〝技のデパート〟にしてみました

あらゆる和歌の技法を使って詠んだボクの和歌は、〝技《わざ》のデパート〟と呼んでほしいデキになっているんだよ。

ただ、ボクの歌は「技巧に走りすぎていて中身が薄い」という批評をされることがあるんだけど、『万葉集』の時代のようにストレートに心情を詠む素朴さは、ボクの生きた平安末期にはとうていありえない話なんだ。

それに、洗練されてきた貴族文化の頂点に立つ和歌の大御所としては、超絶技巧を「これでもかっ！」と見せつけた上で、言外に余情をにじませるというのが王道というものなんだよ。これぞ「幽玄」、いや「有心体」の真骨頂というもんだ。

コラム

# 平安時代の恋の手順

平安時代の貴族の恋愛は、男性が女性の家に通う「通い婚（妻問《つまど》い婚《こん》とも）」が主流だった。というのは、当時の高貴な女性は基本的には家の中にいて、人前に顔を見せることはほとんどなかったから。そして女性が結婚適齢期になると、家族やお付きの女房たちが、「あの家の姫様、かなりの美人らしい」なんて噂を流して、男性の関心をひきつけることもした。

そこで噂を聞きつけた男性陣は、その邸の垣根からこっそり家の中を覗き見したりして、なんとか女性の顔を見ようとする。これを「垣間見《かいまみ》」という。「垣間見」で女性の姿が見られればラッキーだが、なかなかそうはいかなかったようだ。

しかし、女性の顔を見ようが見まいが、気になる女性には、果敢にラブレターを贈るのがプレイボーイたるもの。そして、そこには「歌」を添えるのがマナー。必死に上手な歌を詠んで、女性に仕える女房に頼んで渡してもらうのだ。

手紙を受けとった女性の家では、その男の素性を調べて、逢ってもよいと判断した場合は返事を書く（親の意志もここには反映する）。ここでも歌を添えるのがマナー。まだ娘が幼くて歌を上手に詠めない場合は、親や女房が代わりに詠むなどバックアップがあった。歌才ある女房が活躍するのはこのときだ。

さて、歌のやりとりを通じて気持ちを確認しあったら、いよいよご対面。その初顔合わせの日、暗くなってから男性が女性の家にやってくる。そこで初めてお互いの顔をはっきり見るなんてこともしばしば。ドキドキだね。

二人は一夜をともにして、男性は夜が明ける前に彼女の家を出て行くのがマナー。そして自宅に戻った男性は、早々に「昨夜はありがとう♥」なんて手紙を彼女に贈るのがルール。逢瀬のときに二人の衣を重ねて寝ていたところから、早朝二人が別れるのを「衣衣《きぬぎぬ》の別れ（のちに「後朝《きぬぎぬ》の別れ」と書かれる）」、翌朝送る手紙のことを「後朝の歌（文）」と言うようになった。

男性が女性を気に入ると、そのまま二日続けて女性の家に通う（計三日連続ってこと）。そうすると「結婚」が成立する。三日目の夜は女性の家で宴が開かれて、男性は家族に紹介されるのだった。

当時は一夫多妻制だったので、女性のほうは夫が通ってきてくれるのを待つ身でしかなく、とても不安定な関係だったと言える。この時代の恋愛事情は紫式部《むらさきしきぶ》が書いた『源氏物語《げんじものがたり》』や、藤原道綱母《ふじわらのみちつなのはは》の『蜻蛉日記《かげろうにっき》』などを読むとよくわかる。

# 2章

# 心ときめく！雅でドラマチックな恋の歌

平安貴族たちは恋に落ちると、その想いを和歌に詠み込むことで相手に伝えようとした。愛する人と出逢えた喜び、ともに過ごす時間の至福、そして会えないときの切なさといった感情は、いつの時代も変わらないもの。本章で紹介する恋歌の数々には、きっとあなたも胸がときめくはずだ。

第13番

陽成院《ようぜいいん》
（868－949年）

# 筑波嶺《つくばね》の　峯《みね》より落《お》つる　みなの川《がは》
# 恋《こひ》ぞつもりて　淵《ふち》となりぬる

訳：筑波山の峰から流れ落ちる男女川《みなのがわ》は、始めはわずかな水量に過ぎないが、それが溜まってやがて深い淵になるように、私の恋心もほのかな想いが積もり積もって深い想いになってしまったよ。

陽成院は清和天皇《せいわてんのう》と藤原高子《ふじわらのたかいこ》の第一皇子にして、第五十七代天皇。高子は在原業平《ありわらのなりひら》（第17番）と駆け落ちしたことでも有名だ（26ページ参照）。

陽成天皇は9歳で即位なさったんだけど、ご気性が荒々しく奇行も多かったと伝えられている。三種の神器の宝剣を抜いてみたり、宮中で馬を三十頭飼って乗り回されたり、乳母を手打ちにされたり、小動物を殺してみたりと好き勝手をし放題。

それゆえに陽成天皇を支えていた時の関白、藤原基経《ふじわらのもとつね》（高子の兄・陽成天皇にとっては叔父）が次第に陽成天皇や高子と対立するようになり、政務をボイコットするようになったんだ。

## 蛮行の限りを尽くし、強制的に譲位させられた!?

そんな中、前代未聞の大事件が宮中で起こった。陽成天皇が、乳母子《めのとご》の源　益《みなもとのまさる》を撲殺するという事件を起こしたのだ。さすがにこれに怒った基経が、17歳の陽成天皇を譲位させ、自らが推す55歳の光孝天皇《こうこうてんのう》（第15番）を即位させた。

この譲位、表向きの理由はご病気によるものとされたが、実際には基経によって強制的に退位させられたと言われている。

さて、陽成天皇は譲位し上皇となられ、82歳で崩御するまでの間（当時としてはかなり長生き）、蛇に蛙を飲み込ませたり、猿と犬を殺し合わせたり、尋常ではない行動をなさって暴君と呼ばれた。

でも実はこれらの話は、基経が光孝天皇を立てたことを正当化するために、陽成院の悪行をでっち上げたという説もあり、真相はわかっていない。ちなみに上皇歴六十五年は、二位の冷泉院《れいぜいいん》の四十二年を大きく上回る第一位だ。

## 荒々しい暴君が詠んだ、驚くほど清らかな恋歌

陽成院の悪評はさておき、この歌に純粋に向き合うと、恋する相手への誠実な愛情

が伝わってくる。「筑波嶺」は常陸国《ひたちのくに》（現在の茨城県）にある筑波山のこと。山頂は西の男体、東の女体に分かれている。ここは、男女が求愛の歌を詠み交わし、酔って踊ってはフリーセックスを楽しんだ古代日本の行事「歌垣《うたがき》」が行なわれた地として有名で、歌枕にもなっている。

この「歌垣」は豊作を祈願して行なわれた宴で、人間の性の交わりによって、植物にも生命力を与えられると考えられていたんだね。歌垣での求愛の歌謡は、『万葉集』『古事記《こじき》』などに記されている。

「みなの川」は筑波山の麓を流れる川。筑波嶺の峰の間を流れるので「男女川」とも書き、これも歌枕だ。「筑波嶺の峯」「みな（男女）」から「恋」が縁語。川の縁語で「淵」。「淵」は水の流れが溜まって深くなるところ。恋する気持ちと川の流れを重ね合わせて詠まれている。

17歳にして譲位し、陽成院となってからは歌会を開くなどもなさったようなんだけど、ご自身の歌として残っているのはこの「筑波嶺の」の一首だけなんだ。贈った相手はライバル関係にあった光孝天皇の皇女・綏子《すいし》内親王《ないしんのう》だ。のちに陽成院の后となっているので、まさに言霊の力によって恋は成就したようだ。よかったね。

第14番

河原左大臣《かわらのさだいじん》
（822－895年）

# 陸奥《みちのく》の　しのぶもぢずり　誰故《たれゆゑ》に　みだれ初《そ》めにし　我《われ》ならなくに

訳：陸奥の「しのぶもぢずり」の乱れ染めの模様のように、私の心も忍ぶ想いに乱れているのですが、それはいったい誰のせいなのでしょうか？　私ではなく、他ならぬあなたのせいなのですよ。

河原左大臣とは源　融《みなもとのとおる》のこと。嵯峨天皇《さがてんのう》の第十二皇子として生まれたが、臣籍に下り源姓を賜った。順調に左大臣にまで上りつめたんだけど、陽成天皇《ようぜいてんのう》（第13番）が藤原基経《ふじわらのもとつね》によって廃位に追い込まれたとき（56ページ参照）、元々天皇の子であった源融は「私が次の天皇に！」と立候補したんだ。でも「あんたは臣籍に下ってるでしょ！　そういう人が天皇になるなんて前例はないから！」と基経に一蹴されたそうだ。

天皇になりそびれた源融の恨みのエネルギーは、けたはずれの「風流」となって現われる。賀茂川のほとりの東六条に、「河原院《かわらのいん》」という陸奥国《むつのくに》の塩釜の景色を模した広大な庭園池と屋敷を造ったのだ。その大きさは四町（約一万二千坪）もあったという。

この河原院の庭には、毎日何百リットルもの海水を運ばせて、塩釜を真似て塩を焼かせたというんだから豪華な話だ。在原業平《ありわらのなりひら》を始め多くの歌人・文人たちの遊興の場でもあったらしい。この河原院は光源氏《ひかるげんじ》が造った六条院のモデルとも言われ、源融が光源氏のモデルの一人と言われる所以《ゆえん》になったんだ。

## 〝光源氏のモデル〟ともてはやされた風流人

源融は風流人としては有名だけど、歌人としてはそれほどでもない。だけど、特にボクの生きた平安時代末期には『源氏物語』が歌の教科書みたいな存在であり、その主人公のモデルの一人と言われたのが源融だったので、歌人たちはこぞって彼の歌を本歌取りしたんだ。もちろんこの歌自体は上手く詠まれているので、詠まれた当初も話題になったみたいで、『伊勢物語《いせものがたり》』の最初の段にも引用されている。

「陸奥のしのぶもぢずり」は「みだれ」を導く序詞。「しのぶもぢずり」は福島県信《しの》夫《ぶ》地方から産出した、乱れ模様にすり染めた布のこと。「みだれ」る様子を視覚的にイメージさせるのにもっとも適したのがこの序詞だったのだろう。

「みだれ初めにし」の「初め」は「初め」と「染め」の掛詞。「乱れ」「染め」は「し

のぶもぢずり」の縁語。「我ならなくに」は、「（心が乱れているのは）私ではなく、あなたのせいですよ」という余情をきかせた省略表現だ。

## 死んでもなお、庭に執着!?

風流人として、やれることをやりつくした源融。河原院は源融が亡くなった後は、源融の子から宇《う》多上皇《だじょうこう》に献上されたんだ。

ところがある話では、宇多上皇が滞在中、源融の幽霊が出てきて「ここは私の家です」と言ったとか。これに対して宇多上皇が、「お前の息子から私がもらったのだ！」と怒ると、それ以来、幽霊は出なくなったらしい。

ただし、そんな河原院も後に寺となり、数度の火災で荒廃していくことになる。無常迅速はこの世の常なのだ。

侘《わ》びぬれば　今《いま》はた同《おな》じ　難波《なには》なる
身《み》をつくしても　逢《あ》はむとぞ思《おも》ふ

訳：これほど恋に悩み苦しんでいるので、ことが露呈してしまった今となっては、もうどうなっても同じことです。それならいっそ難波にある「澪標《みおつくし》」のように、この身を滅ぼしてでも愛を貫き、恋しいあなたとの逢瀬を果たそうと思います。

元良親王《もとよししんのう》
（890－943年）

第20番

元良親王は、暴君と噂されたあの陽成院《ようぜいいん》（第13番）の第一皇子にあたる方だ。わずか9歳で即位された父・陽成天皇だったが、奇行が多かったり、横暴な振る舞いをしたりとさんざんで、関白・藤原基経《ふじわらのもとつね》によって退位を迫られてしまう。

譲位した陽成天皇は上皇となられるが、そんな折に生まれたのがこの元良親王なんだ。陽成院の次は光孝天皇《こうこうてんのう》（第15番）が即位されたので、元良親王は親王のままだった。

ちょっと風変わりな父帝のことや、自らが天皇になれなかったことも影響したのか、興味は政治よりもっぱら女性にあったようで、当代随一のプレイボーイとして有名になってしまう。しかも相手は身分を問わず、美人と聞けば歌を贈られていたようで、『元良親王御集』に載せられている歌は、ほとんどが女性と交わしたものだ。

## 大胆不敵！　宇多院の后を寝取った結末は!?

この歌は、宇多院《うだいん》の后・褒子《ほうし》（京極御息所《きょうごくのみやすどころ》・藤原時平《ふじわらのときひら》の娘）との不倫が発覚したときに詠んだ歌。褒子はかなりの美貌の持ち主として有名で、そもそも醍醐天皇《だいごてんのう》に入内予定だったのに、それを宇多院がひと目ぼれして奪ってしまったとか。その後、今度は元良親王に寝取られちゃうわけだから、なんともはや……。

しかし、いくら親王でも院の后に手を出すとは大胆すぎる行為。当然のことながら二人の密会が発覚すると、宮中は大騒ぎ。元良親王は謹慎させられてしまったんだけど、恋する気持ちは離れても抑えがたかったようで、この歌を褒子に贈られたのだ。ここまで開き直れるのは、さすが当時を代表するプレイボーイだ。

とは言え、元良親王の行動は無茶ぶりが目立つね。プレイボーイで女好き、政治なんてどこへやらとは言いつつ、やはり父帝・陽成院のこともあり、心の奥底には誰にも言えない虚しさみたいなものがあったんじゃないかなぁ。

## 世間の非難にも抗おうとする〝禁忌の恋〟

「侘びぬれば」は「これほど恋に悩み苦しんでいるので」……おおっと、いきなりカミングアウトのスタートだね。そして次は開き直りともとれる「今はた同じ」。「はた」は「また」の意。秘めた情事が露見した苦悩の心情を吐露している。

今までも思うにまかせぬ逢瀬だったのに、ことが発覚して浮名まで立ってしまう。もうこうなっては破れかぶれ、どうにでもなれという心境だが、それをそのままストレートには表現せず、「難波なる」以下で華麗に詠み込んでいる。

「難波なる」は「難波《なにわ》潟《がた》にある」。「身をつくし」は「澪標」と「身を尽くし」の掛詞だ。「澪標」は、舟の通り道を示すために水の深いところに立てる杭のこと。一方の「身を尽くし」は「身を滅ぼすこと」。二句までの流れを「難波なる」で転じてオッと思わせた後に、「みをつくし」の掛詞が効いている。

最後の「逢はむとぞ思ふ」も含めて、「この身がどうなろうとも愛を貫き、恋しいあなたとの逢瀬を果たそう」という激しい意思表示を澪標に掛けることで、流れる川の水（世間の非難）に対して負けじと立ち尽くす、一本の杭のような自分を、恋人に巧みにアピールしているのだ。

第25番

三条右大臣《さんじょうのうだいじん》
（873‐932年）

# 名《な》にしおはば　逢坂山《あふさかやま》の　さねかづら
# 人《ひと》にしられで　くるよしもがな

訳：「男女が逢って寝る」という名を持つ、「逢坂山のさねかずら」。そのつるを手繰るように、誰にも知られずにあなたを訪ねる方法があればいいのに。

三条右大臣こと藤原定方《ふじわらのさだかた》は、醍醐天皇《だいごてんのう》の外叔父として、最後は右大臣にまで上りつめたが、それほど政治的野心は強くなかったようで、歌や管弦にも情熱を燃やしていた人物だ。

いとこの藤原兼輔《ふじわらのかねすけ》（第27番）と一緒に、紀貫之《きのつらゆき》（第35番）や凡河内躬恒《おおしこうちのみつね》（第29番）の後援者となり、醍醐天皇の時代の歌壇の中心にいたと言える。邸が三条にあったことから三条右大臣と呼ばれているんだ。

また、定方の墓は京都市山科《やましな》の勧修寺《かじゅうじ》にある。勧修寺は醍醐天皇によって生母供養のために建立されたもの。天皇からの信頼が厚かったことが伺われるね。

## 「これでもか!」という技巧のオンパレード

「名にしおはば」の歌は、人目を忍ぶ恋を歌ったもの。「名にしおはば」は、「名として負い持っているならば」≒「名前にふさわしい実質を備えているならば」の意味。名とは逢坂山の「逢う（男女がともに寝る）」ことを言っている。

ここから以下が技巧のオンパレードになっているので、ちょっとくどいけれど和歌の技巧の勉強だと思って読んでほしい。

「さねかづら」はつる状の草のこと。整髪料を作ったことから美男葛《びなんかずら》とも呼ばれていたんだ。草の名前の一部「さね」と「さ寝（一緒に寝ること）」が掛詞。また、「さ寝」は「逢ふ」の縁語。

「名にしおはば　逢坂山の　さねかづら」までが「くる」の序詞だ。「人にしられで」は「誰にも知られずに」の意で、これが忍ぶ恋であることを指している。

「くるよしもがな」の「くる」には「繰る（手繰り寄せる）」と「来る」が掛けられている。「さねかづら」は「かずら」のつるを手繰り寄せることから「繰る」の縁語。

## 知的に見せて、実は〝大胆すぎる〟求愛の歌!?

定方はこの歌をさねかずらという草に添えて贈ったそうだ。まさに、技巧がつるのように絡まっている歌だね。

この複雑にからみ合った歌を即座に理解するには、女性のほうにも相当な知的レベルが求められている気がするけど、実際のところ、どうだったのか気になるなぁ。

それにしても、歌意は「誰にも知られないように、恋しいあなたを訪ねる方法がほしい」というわけで、なんとも都合のいい内容だ。しかも、逢うだけでなく暗に「さ寝（一緒に寝ること）」まで大胆にも要求してきているんだから、これで男が本気じゃなかったら女性としては噴飯もの！

ただし、この歌を詠んだ定方の姿をイメージすると、近江から京へと向かう途中にある逢坂山で、木々にからまるつたを見ては恋しい女性のことを想って溜め息をついているんだから、ちょっと軟弱な男の姿が浮かんできてしまうね。

第27番

中納言兼輔《ちゅうなごんかねすけ》
（877-933年）

# みかの原《はら》　わきて流《なが》るる　泉川《いづみがは》
# いつ見《み》きとてか　恋《こひ》しかるらむ

訳：みかの原から湧いて流れるという「いづみ川」、その川の名のようにいつあなたを見たというわけでもないのに、どうしてこんなにも恋しいのでしょうか。

中納言兼輔こと藤原兼輔《ふじわらのかねすけ》は、紫式部《むらさきしきぶ》（第57番）のひいおじいちゃんだ。良血で公卿《くぎょう》にまで出世し、歌人としても歌壇の中心に立って活躍し、賀茂川堤の近くに家があったので、堤中納言《つつみちゅうなごん》と呼ばれたんだ。三十六歌仙にも選ばれている。兼輔の歌で当時もっとも有名だったのが、「人の親の　心は闇に　あらねども　子を思《おも》ふ道に　まどひぬる哉《かな》（＝子を持つ親の心は闇というわけではないけれど、子供のこととなると、道に迷ったようにどうすればよいかわからず混乱してしまう親心であるよ）」という歌。

ひ孫の紫式部は『源氏物語』の中でこの歌を二十回以上も引用しているが、これは『源氏物語』の中で引用された歌の最多を誇る。

子を思う親心を歌う内容からして、ひいおじいちゃんの親バカな姿をいとおしく思っていたに違いない紫式部の様子が目に浮かぶね。

## 〝まだ見ぬ人〟への初々しい恋心

このように歌人として優秀だった兼輔だが、この「みかの原」の歌は、実は本人の作ではないと言われている。そもそもこの歌が入っていた『新古今和歌集』では「詠み人しらず」だったのに、間違えてボクが兼輔作にしてしまったようなのだ。ごめんなさい……。

「みかの原」は、歌枕にもなっている京都府の南部の地名。聖武天皇《しょうむてんのう》が恭仁京《くにきょう》という都を置いたところだ。「わきて」は「分き」と「湧き」が掛けられている。「分き」はみかの原が泉川の両岸に広がる状態を言っているんだね。「湧き」は「泉」の縁語。

泉のように湧き出て溢れそうな恋心と、川の流れに隔てられているような二人の関係を、同時に表わしている、ってわけだね。

そして、「泉川」の「いづみ」と、「いつ見き」の「いつみ」とが同音を繰り返す華麗な調べになっているのには、気がついたかな?

「いつ見きとてか」は「いつ逢ったというのでしょうか」の意味。「見る」というのは、男女が逢うことだ。「あなたに逢ったという体験もないのに、どうしてこんなに恋しい気持ちになるのでしょうか」と情熱的な想いを伝えているんだ。

当時、女性は人前にめったに姿を現わさないので、男性としては垣間見《かいまみ》(覗《のぞ》き見《み》)をしたり、「あそこの家の姫君は美人らしい」という噂を聞いたりして情報を集めた。だから、まだ逢ってもいない女性に対して想像を膨らませ、恋文や歌を贈って求愛するのは当時の男性としては普通のことだったんだ。

ただし、めでたく恋が成就してベッドインしたときに見た相手の顔が、もし末摘花《すえつむはな》のような不美人だったら……光源氏《ひかるげんじ》は「胸がつぶれちゃったよ」と表現していたね。

第39番
参議等《さんぎひとし》
（880－951年）

# 浅茅生《あさぢふ》の　小野《をの》の篠原《しのはら》　しのぶれど　あまりてなどか　人《ひと》の恋《こひ》しき

訳：「浅茅生の小野の篠原」の「しの」という言葉通り、私は忍びに忍んできたけれど、もはやこらえきれなくなって、どうしてこんなにまで、あなたが恋しいのでしょうか。

参議等とは源　等《みなもとのひとし》のこと。嵯峨天皇《さがてんのう》のひ孫にあたる。三河《みかわ》や丹後《たんご》などの地方官を歴任し、60歳を過ぎてから参議になった。天皇の直系としては、かなり遅い昇進だ。

歌人としても『後撰和歌集』に四首入っているだけで、三十六歌仙などに選ばれているわけでもなく、それほど有名とは言えないんだけど、ボクはとっても注目していたんだ。この歌を『百人一首』に撰んだことで、こういう実力を持った人が少しでも有名になってくれれば嬉しいなぁ。

## 本歌よりも、流麗かつ情熱的に！

「浅茅生の」の歌は『古今和歌集』の「詠み人しらず」の歌を本歌としている。

浅茅生《あさぢふ》の　小野《をの》の篠原《しのはら》　しのぶとも　人知《ひとし》るらめや　いふ人《ひと》なしに
（＝心の中に想いを忍ばせていても、あの人はわかっていてくれるだろうか？　いや、だめだろう。伝えてくれる人がいなければ）

「浅茅生の　小野の篠原」までは同じだけど、本歌の「しのぶとも」はあくまで忍ぶことが仮定であるのに対して、源等の歌は「しのぶれど」とすることで、すでに忍びに忍んでいることを確定させている。

後半も、「人知るらめや　いふ人なしに」と軽い反語と民謡調である本歌に対して、源等の歌は下の句を一気に歌い上げる形になっている。これにより、耐え忍んでも限度を超えてこらえ切れなくなった恋心が、情熱的に歌に込められている。「の」が繰り返されるあたりも、言葉の流れがきれいになっていて上手い。

## 忍んでも忍んでも〝溢れ出る想い〟

「浅茅生の」は「小野」にかかる枕詞。丈の低い茅《ち》がまばらに生えている野原のことだ。「小野」も野原の意。そして続く「篠原」も、細く低い篠竹の生えている野原のこと。二句までが「しのぶれど」の序詞だ。

ここまでで、「浅茅生」「小野」「篠原」と三つも野原を出していたり、「の」の音を多用したりしているのは、語調を整えるということ以上に、後半への「ため」を作っていると考えられる。

そして、「しのぶれど」の「ど」で、忍びに忍んできた想いがせき止められ、ついには溢れ出す効果を生んでいるところが、本歌との一番大きな違いだ。

溢れ出した想いのまま、一気呵成《いっきかせい》に下の句へと進んでいく。「あまりて」は「(忍ぶに) あまりて」の意で、どうにもこらえ切れないこと。そして、「どうしてあなたがこんなに恋しいのだろうか」と歌い上げるんだけど、このあたりの抑えがたい恋心は、経験者だったら誰でも共感できるものじゃないかな。

この歌は詞書《ことばがき》に「人につかはしける (人に詠んで贈った歌)」とあるんだけど、相手の女性が誰かは不明。それにしても、こんなに情熱的な歌を贈られたらさぞかし嬉しいだろうな。

第43番

逢《あ》ひ見《み》ての　後《のち》の心《こころ》に　くらぶれば
昔《むかし》はものを　思《おも》はざりけり

権中納言敦忠《ごんちゅうなごんあつただ》
（906-943年）

訳：あなたに逢って契りを結んだ後の、今の私のこの切ない気持ちに比べれば、お逢いする以前の恋わずらいなど、とるに足らないものでしたよ。

権中納言敦忠こと藤原敦忠《ふじわらのあつただ》は、在原業平《ありわらのなりひら》（第17番）のひ孫にあたる。敦忠は蔵人頭《くろうどのとう》・参議《さんぎ》などを経て、従三位《じゅさんみ》権中納言《ごんちゅうなごん》にまで出世したエリート。やはり業平の血を受け継いでいてイケメンだったらしく、和歌では三十六歌仙に選ばれる腕前、琵琶も当時有名だった源 博雅《みなもとのひろまさ》をしのぐ実力だったようだ。そうなると当然女性関係もそれなりで、かなりの場数を踏んでいる。

たとえば、色好みで有名な女流歌人・右近《うこん》（第38番）とは結ばれるやいなや、非情にも振ってしまったようで、右近からは恨みの歌を詠まれている。一方、醍醐《だいご》天皇《てんのう》の皇女・雅子内親王《まさこないしんのう》とは情熱的な恋歌を何度も交わす仲だったが、雅子内親王が伊勢斎宮となったために、二人は泣く泣く別れたようだ。こちらは悲恋と言える。

## 菅原道真の呪いで若死に!?

そんな恋多き敦忠だが、38歳という若さで世を去っている。実は彼のお父さんの時平も39歳で亡くなっており、これは時平が、かの学問の神様、菅原道真《すがわらのみちざね》を陥れて九州の大宰府《だざいふ》へ追放したからだと人々は噂したんだ。

本当に菅原道真の呪いで時平が若死にしたかどうかの真偽はさておき、父子ともに若くして亡くなるとは、なんとも不幸な話だ。

敦忠は、あるときもっとも愛していた恋人に対して、自分が短命で間もなく死ぬであろうこと、また自分の死後に、自分に仕える藤原文範《ふじわらのふみのり》という男とその恋人が夫婦になるであろうことを予言し、事実その通りになったと言われている。占い師も真っ青な予言的中と言えるけれど、そんな哀しい運命を自覚していたとすれば、心中には複雑なものがあったろうね。

## 契りを交わして、ますます高まっていく想い

「逢ひ見ての」の歌は、初めて関係を持った女性にその翌朝、贈った恋文で、いわゆ

る「後朝《きぬぎぬ》の歌」と言われるものだ。この時代、男女が共寝した翌朝、男は自宅に戻るんだけど、帰ったらなるべく早いうちに彼女のもとに手紙を贈るのがマナーだった。

この歌は技巧らしい技巧が使われていなくて、ほとんどつぶやいたままを歌にしたようにも思えるくらいだ。しかし、そこはプレイボーイの敦忠、簡単な歌だと思わせて、実はものすごいことを伝えようとしているんだ。

「逢ひ見ての」の「逢ふ」も「見る」も、男女の間で使われる場合は、深い関係になることを意味する。「後の心」とは共寝した後に、相手を想う気持ちのこと。「昔」とは、想いを遂げ男女の仲になる前のこと。「ものを思はざりけり」の「ものを思ふ」は恋の物思いのこと。

逢う前の恋わずらいなんて、逢って結ばれた後、今こうしてあなたを想う切ない気持ちに比べたら、とるに足らない、ますます想いはつのるばかりだと言っているんだね。女殺しの敦忠らしいストレートな感想を述べている。

二人で初めて一夜を過ごしてみて、想像を超えてはるかによかったんだろうね。何がって？　それを直接言ってしまったら無粋というものだよ。

第46番

曾《そ》禰好忠《ねのよしただ》
（生没年不詳）

由良《ゆら》の戸《と》を　わたる舟人《ふなびと》　かぢをたえ
行方《ゆくへ》も知《し》らぬ　恋《こひ》の道《みち》かな

訳：流れの激しい由良川の河口を漕ぎ渡る舟人が、櫂《かい》をなくしてどこへ行くのかもわからず流されてしまうように、これからどうなっていくのかわからない不安だらけの私の恋の道だ。

曾禰好忠は十世紀後半の人物。丹後掾《たんごのじょう》だったことから曾《そ》丹後《たんご》、曾《そ》丹《たん》などと呼ばれた。丹後というのは京都府北部の地方なので、丹後掾というのはさしずめ今の舞鶴《まいづる》市長あたりになるかな。大中臣能宣《おおなかとみのよしのぶ》（第49番）や源　重之《みなもとのしげゆき》（第48番）と交流があったようだ。

ここで好忠の人柄の伝わるエピソードを一つ紹介しよう。永観三（九八五）年の円《えん》融院《ゆういん》による歌会が開かれたとき、好忠は身分が低かったので招かれなかった。それが不満だった好忠はわざと粗末な格好をして乗り込んでいき、「私の歌の才能はここに招かれているやつらに劣っていない」と言って、歌会に参加しようとしたそうな。

その結果は火を見るよりも明らかで、参加していた貴族たちに引き倒されてさんざん蹴られて追い出されたとか。

こうしたエピソードからもわかるように、好忠は多少性格に難ありの人物だったらしく、妙に自尊心が高く、社会的には孤立した存在だったようだ。

そんな奇行の目立つ変わり者だった好忠だが、歌の実力は確かだった。積極的に新しい言葉や詠み方を取り入れた、進歩的で清新な好忠の歌の評価は、死後になって高まり、『拾遺和歌集《しゅういわかしゅう》』『詞花和歌集《しかわかしゅう》』『新古今和歌集』などの勅撰集に多く入集されている。平安末期の歌人たちは、みな好忠の影響を少なからず受けていると言えるほどだ。

また、新しいことと言えば「百首歌」を初めて作ったのは好忠だと言われている。この百首歌というのは、百首を単位として詠まれるもので、一人で百首を詠んだものと、複数の歌人が詠んだものを百首集めたものに分けることができる。ボクの撰んだこの『百人一首』の原型を作ったのは、好忠なんだね。

## ゆらゆらと揺れる舟のように、先の見えない恋の行方

「由良の戸を」の歌は、儚《はかな》く頼りない恋の不安を歌ったもの。

「由良」については諸説ある（紀伊《きい》・淡路《あわじ》・丹後）が、おそらく好忠の任地が丹後な

ので、丹後の由良川のことだと思われる。「戸」は「水門」の意味で、河口で川と海とが出合う潮の流れが激しい場所のこと。

「かぢをたえ」は「櫂を無くして」。この「櫂」というのは、舟を操る道具のこと。「恋の道」は「これからの恋の行く先」を表わす。

熟練した船頭でも舟を上手く操れない潮の流れが激しい場所で櫂までなくしてしまい、木の葉のようにゆらゆらと揺れるしかない。

それを先の見えない恋の行方に重ねて、これから自分の恋がどうなるのかわからないなぁ、となすすべもなく溜め息をついている作者の姿が見えるようだね。

恋のベテランでもどうにもできない恋というものがあるのだろう。とても勉強になる歌だ。

第49番

御垣守《みかきもり》 衛士《ゑじ》のたく火《ひ》の 夜《よる》はもえ
昼《ひる》は消《き》えつつ ものをこそ思《おも》へ

大中臣 能宣《おおなかとみのよしのぶ》
（921 - 991年）

訳：宮中の門を警護する衛士がたくかがり火が、夜は燃え昼には消えるように、私の恋の炎も夜は激しく燃え上がり、昼は消え入るばかりに物思いに沈む日が続くことだ。

大中臣能宣は伊勢神宮の祭主（神官の長）をつとめた人物だ。大中臣氏は代々の祭主の家系だったが、能宣の父である頼基《よりもと》が優れた歌人であった影響で、能宣は若い頃から歌の才能を発揮した。三十六歌仙にも選ばれており、その血は孫の伊勢大輔《いせのたいふ》（第61番）にも受け継がれている。

また能宣は、「梨壺《なしつぼ》の五人」として『後撰集』の編纂にも携わっている。梨壺の五人というのは村上天皇《むらかみてんのう》のときに作られた和歌所の寄人《よりうど》（職員）のこと。和歌所の建物の近くに梨の木があったので梨壺と言われたんだ。

能宣以外の四人のメンバーは源《みなもとのしたごう》順、清原元輔《きよはらのもとすけ》（第42番）、坂上望城《さかのうえのもちき》、紀時文《きのときぶみ》。このうち源順は大変な文才の持ち主で、『うつほ物語』や『落窪物語《おちくぼものがたり》』の作者にも擬せられ、『竹取物語《たけとりものがたり》』の作者説の一人にも挙げられている。ちなみに清原元輔は清少納言《せいしょうなごん》のお父さんに当たる人物だ。

## 『百人一首』唯一の「火」を詠んだ歌

歌人として当時を代表する人物だった能宣だが、実はこの「御垣守」の歌は能宣の作品ではない可能性が高いんだ。というのも、彼の歌を集めた『能宣集《よしのぶしゅう》』には「御垣守」の歌が入っていないのだ。また、この歌の原形と見られる「御垣守 衛士のたく火の 昼はたえ 夜は燃えつつ ものをこそ思へ」という歌が、『古今和歌六帖』で「詠み人しらず」となっているところからも、作者が能宣だとは確定できない。

まぁ、数々の疑惑はあるんだけど、「火」をテーマに歌ったものが『百人一首』の中ではこれしかないし、撰んでも許してくれるよね⁉

## 夜は燃えさかり、昼はくすぶる炎のように……

「御垣守」は宮中の諸門を警備する人のこと。「衛士」は諸国から召集された兵士たちで、ここでは「御垣守」の役についている。

「御垣守 衛士のたく火の」までは序詞で、「(火が) 夜は燃え昼には消えるように」と「燃え」「消え」二つにかかっている。「燃え」は「火が燃える」と「思い焦がれる」の掛詞。「消え」も「火が消える」と「身も消える」の掛詞になっている。「ものをこそ思へ」は恋の物思いをすること。

恋焦がれる胸の「思ひ」を「火」に掛けるのは歌を詠む上では超定番なんだけど、夜と昼を対句にして、「夜はもえ」⇕「昼は消え」と音的にも響き合わせているあたりは上手い！　のひと言。

さらには「衛士のたく火の」における「の」の連なりや、「みかきもり…もえ…もの…おもへ」と「も」が繰り返し出てくるあたり、音調のセンスのよさを感じさせる。さしずめ〝音の魔術師〟とも言える詠みっぷりだね。

そして何より、恋人と共寝して過ごす夜は、恋の炎が激しく燃え上がり、しかし離ればなれになっている昼の間は、「早く逢いたい」という物思いに沈み、火はくすぶっている――このたとえの巧みさが素晴らしいところだ。

# 君《きみ》がため　惜《を》しからざりし　命《いのち》さへ　長《なが》くもがなと　思《おも》ひけるかな

第50番
藤原《ふじわらの》義孝《よしたか》
（954-974年）

訳：あなたに逢うためならどうなっても惜しくはない命だと思っていましたが、その願いが叶った今となっては、少しでも長くあなたとともに生きたいと思うようになったよ。

藤原義孝は太政大臣《だいじょうだいじん》　藤原伊尹《ふじわらのこれまさ》（謙徳公《けんとくこう》・第45番）の三男。子には書道の三蹟の一人、藤原行成《ふじわらのゆきなり》がいる（三蹟の残りの二人は、小野道風《おののみちかぜ》と藤原佐理《ふじわらのさり》）。政治家として超エリートの家に生まれ、容姿端麗、和歌も得意だった。

そんな義孝を女性たちが放っておくはずもなく、かなりモテモテだったが、意外にも本人は仏道に熱心で、仕事中も法華経《ほけきょう》を唱えているほどの信心ぶり。早くから出家することを願っていたようだ。

義孝の仏道への思いはかなりのものだったらしく、『今昔　物語集《こんじゃくものがたりしゅう》』にはこんなエピソードが残っている。義孝は幼い頃から信仰心が篤く、魚や鳥を食べなかった。

ある日、貴族たちが集まって酒を飲んだときのこと。つまみに鮒《ふな》の子膾《こなます》（鮒にその卵を和えた膾）が添えられたものが出てきたとき、義孝は「母親の肉に子供を和えたものを食べるなんて！」と涙ぐんでその場を立ち去ったとか。

## 美男薄命……信心深さの伝わるエピソード

そんなこんなの非の打ちどころのない義孝の順風満帆に思えた人生は、儚くも二十一年で幕を閉じてしまう。当時、流行っていた天然痘《てんねんとう》にかかってしまうのだ。しかも同じ日に兄も天然痘で亡くなっており、一日に二人の息子を失った母親の嘆きの深さは想像に難くない。

『大鏡《おおかがみ》』によれば、義孝は死ぬ間際に母親に対して、「おのれ死にはべりぬとも、とかく例《れい》のやうにせさせたまふな。しばし法華経誦《ずん》じたてまつらむの本意《ほい》侍れば、かならず帰りまうで来べし（＝自分が死んでも慣例通りにはしないでください。もうしばらく、この世で法華経を読誦《どくじゅ》申し上げたいと思っていますから、必ずこの世に帰ってきます）」と言ったそうだ。

そんな義孝の願いも虚しく、息子の死を母親が嘆き哀しんでいる間に、側にいた人々がうっかり義孝の亡骸を北枕にしてしまう。それによって、この世に帰ってくる

はずだった義孝は、戻って来られなくなったそうだ。

## 早世した若者の、ピュアな想い

「君がため」の歌は、長い間、想い続けてきた女性と初めて一夜をともにした日の翌朝、女性に向けて詠んだ歌だ。

逢うまでは、この恋のためなら死んでもいいとまで思っていたのに、いざ逢ってみるといっそう想いがつのり、いつまでもともに生きられるよう長生きしたいと願う。自分の命に対する考えが百八十度転換したのは、恋に対するひたむきな気持ちゆえだ。

義孝が21歳という若さで早世していることを思うと、この歌に込められた義孝の純粋な想いに、誰もが思わず涙するんじゃないかな。

第51番

# かくとだに　えやはいぶきの　さしも草《ぐさ》　さしも知《し》らじな　もゆる思《おも》ひを

藤原実方朝臣《ふじわらのさねかたあそん》
（生年不詳－998年）

訳：こんなにあなたを恋い慕っているとさえ言うことができないのだから、伊吹山《いぶきやま》のさしも草のように燃える私の恋心を、あなたは知るはずもないのでしょうね。

藤原実方は、円融院《えんゆういん》や花山院《かざんいん》に気に入られ、宮中の〝花形〟として華やかな世界に身を置いていた貴公子だ。

あるとき、貴族たちが連れ立って花見に出かけたときのこと。にわか雨が降り出して大騒ぎになったが、実方は少しも慌てず、「濡れるのなら花の下で」と桜の下に身を寄せ、雨を避けようとせずに歌を詠んだんだとか。少し気取った性格だったのかもしれない。それを聞いた藤原行成《ふじわらのゆきなり》が、「歌はいいけど、実方ってやつはバカだね」と言ったそうだ。

これを根に持った実方は、宮中で行成と喧嘩になり、カッとなった実方は行成の冠を庭に投げてしまう。ところがこの一部始終を一条天皇《いちじょうてんのう》に見られてしまい、天皇の怒りを買った実方は陸奥に左遷されてしまうんだ。なんでも天皇に「歌枕を見てこい！」と言われたんだとか。一方の行成は蔵人頭《くろうどのとう》に抜擢されたんだから、短気は損気だね。

## 女性にモテモテ、清少納言とも交流

とはいえ、左遷前は華やかな宮中にいて、藤原道信《ふじわらのみちのぶ》（第52番）や清少納言《せいしょうなごん》（第62番）とも交流があったようだ。女性にもモテモテだったようで、なんと二十人以上と関係があったとも……うらやましい。『源氏物語』の主人公、光源氏《ひかるげんじ》のモデルの一人とされることもある。ちなみに、左遷された陸奥には源重之《みなもとのしげゆき》（第48番）が随伴している。

しかし、実方の死に方は不運だ。実方が任国で馬に乗り笠島道祖神《かさじまどうそじん》前を通ったとき、乗っていた馬が突然倒れ、その下敷きになって没したと言われている。没時の年齢は、まだ40歳ほどだったという。

そんな死に方だから、実方の死後、賀茂川《かもがわ》の橋の下に実方の亡霊が出没すると噂されたことも。また、喧嘩した行成が蔵人頭になったのに、実方のほうは陸奥守止まりで亡くなった怨念によってスズメに転生し、宮中の殿上《てんじょう》の間に置いてある台盤（食事をのせる台）の上の物を食べたとも噂されている。

## 初ラブレターの歌は、技巧のオンパレード！

「かくとだに」の歌は、実方がある女性に対して初めて贈ったものだ。相手の女性の心を開くために、ありとあらゆる技法を駆使して愛の告白をしている。

「かくとだに」の「かく」は「こんなに恋い慕っているとさえ」の意味。「えやはいふ」は「言うことができない」。「いぶき」は掛詞で、「言ふ」と「伊吹山」が掛けられている。伊吹山は、現在の滋賀県と岐阜県の県境にある、も草の名産地。

「さしも草」はお灸に使われるもぐさのこと。「いぶきのさしも草」は「さしも」を導く序詞で、「さしも」は「いぶき」の縁語だ。「思ひ」の「ひ」は「火」と掛けられている。「燃ゆる」「火」は「さしも草」の縁語……説明するだけでも疲れるほど、たくさんの技法を駆使して詠まれている。

これほど技法のオンパレードな歌を、初めてのラブレターでもらった女性はちょっと面食らったかもしれないけど、何せ実方は左大臣師尹《もろただ》の孫で、円融院や花山院にも将来を嘱望されるイケメン。その彼から「燃ゆる思ひ」なんて言われたら、悪い気はしなかったはずだ。

第52番

明《あ》けぬれば　くるるものとは　知《し》りながら
なほ恨《うら》めしき　朝《あさ》ぼらけかな

藤原道信朝臣《ふじわらのみちのぶあそん》
（972-994年）

訳：夜が明けてしまえば、また必ず日が暮れてあなたに再び逢えると知っているものの、それでも一度は別れて帰らなければならないのが、恨めしく思われる朝ぼらけです。

藤原道信朝臣は藤原為光《ふじわらのためみつ》の三男。母は謙徳公《けんとくこう》（第45番）の娘。摂政《せっしょう》・藤原兼家《ふじわらのかねいえ》の養子となり、従四位《じゅしい》上左近中将《かみさこんのちゅうじょう》まで出世したんだ。ちなみに兼家は、摂関政治の頂点に君臨した藤原道長《ふじわらのみちなが》のお父さんであり、『蜻蛉日記《かげろうにっき》』を書いた道綱母《みちつなのはは》の夫でもある。

つまり、道信の養父である兼家は、政治家としては時の権力者だ。そんなすごい家の養子になったものだから、道信も順調に出世したんだけど、実は政治よりも和歌のほうに熱心だったようだ。

道信は見た目も性格も申し分なく、雅《みやび》な人物として知られていた。藤原実方《ふじわらのさねかた》（第51

番）や藤原公任《ふじわらのきんとう》（第55番）と親しく、しょっちゅう和歌を贈答し合っていたようだが、残念なことに23歳という若さで、当時流行していた天然痘《てんねんとう》にかかり世を去ってしまったんだ。

## 失恋の歌を〝高貴な相手〟に贈りつける!?

若気の至りと言えばそれまでだけど、道信は恐れ多くも花山天皇《かざんてんのう》の女御《にょうご》に恋をしたことがある。彼女は花山天皇が出家した後、宮中を退出し婉子女王《えんしじょおう》と呼ばれた女性。美女としても有名で、道信も相当惚れていたようだけど、残念ながら婉子は政界の実力者、藤原実資《ふじわらのさねすけ》と再婚してしまったんだ。

傷心の道信が彼女に贈った歌は、「うれしきは　いかばかりかは　おもふらむ　憂きは身にしむ　心地こそすれ（＝あなたは恋が叶って嬉しく思われていることでしょう。それに比べて、恋を失った私の哀しみは深くなるばかりです）」。いかにもな内容なんだけど、こんな歌を贈ったのは立場上、ちょっとまずかったんじゃないかなぁ。

## 恋する男の気持ちがシンプルに込められた歌

「明けぬれば」の歌は、詞書によると男女が契った翌朝、男が女に贈る後朝の歌だ。この道信の歌は、ややこしい技法が入っているわけでもなく、実にわかりやすい。

「明けぬれば　くるるものとは　知りながら」は「夜が明ければ、やがてあなたとまた逢える日暮れが来ることは知っていますが」。

当時はどんなに恋人たちが素敵な夜を過ごそうとも、夜明けとともに男は自分の家に帰っていくのがルールだったんだ。

もちろん次の夜にはまた逢えることはわかっていながらも、一度は帰らなければならない朝がやってくるのが恨めしいと歌ったもので、恋する男の気持ちが込められた、シンプル・イズ・ベストな歌だよね。

まだ若かった道信の感情がストレートに表現されていて、鑑賞する側としても気持ちいい。早世してしまったのが惜しまれるね。

第54番

儀《ぎ》同《どう》三《さん》司《し》母《のはは》
（生没年不詳）

忘《わす》れじの　行末《ゆくすゑ》までは　かたければ
今日《けふ》を限《かぎ》りの　命《いのち》ともがな

訳：あなたは私のことを決して忘れまいとおっしゃるけれど、遠い将来まで言葉通りの愛情が続くかどうか、信じることが難しいので、そうおっしゃる今日を最後として絶えてしまう命であってほしいと思います。

儀同三司母こと高階貴子《たかしなのきし》は、関白・摂政をつとめた藤原道隆《ふじわらのみちたか》の妻で、子には内大臣の伊周《これちか》、一条天皇《いちじょうてんのう》の皇后となった定子《ていし》、中納言の隆家《たかいえ》がいる。「儀同三司」の呼び名は、息子の伊周が儀同三司（三司＝〈太政・左・右大臣〉に准ずる大臣）となったことから。

学者の家系として名高い家に生まれ、最高の結婚をし、子供にも恵まれる。さらには、和歌の才能に恵まれ、当時の女性としては珍しく漢詩にも長けていた。円融天皇《えんゆうてんのう》のときに出仕し、高内侍《こうのないし》と呼ばれた有名な才女だった。

ここまですべてがそろうと、逆に何か悪いことが起こるのではないか、という不安がよぎるのだが……。

## 栄華を極めた後の、早すぎる没落

夫も子供たちも順調に出世し、この世の栄華を極めたとも思えた儀同三司母の一家だが、道隆が43歳で亡くなると、急速な衰退が始まってしまう。

息子の伊周と隆家は、道隆の弟・藤原道長《ふじわらのみちなが》との権力争いに破れ、伊周は大宰権帥《だざいのごんのそち》、隆家は出雲権守《いずものごんのかみ》にそれぞれ左遷されてしまう。息子が出立する日、儀同三司母は息子の乗る車にすがりついて同行を願ったのだが許されず、その後病気になり、まもなく没した。

夫に死なれ、一家離散の上に落胆から死亡とは、なんとも哀れな末路だ。前半生があまりに順調で栄華の極みと言えるものだっただけに、後半生の没落ぶりが際立ってしまうね。

## 道隆とラブラブなうちに、いっそ死んでしまいたい！

「忘れじの」の歌は、藤原道隆と出逢って間もない頃の歌。相手は今をときめく貴公子・道隆。「永久に君のことを忘れない」と言われても、やっぱり当時は妻問い婚。

男が心変わりして自分のところに通ってこなくなることも十分ありえる話なわけで、
将来を思うと不安になるのは当然のこと。だったら幸せの絶頂にいる今のうちに死ん
でしまいたいと思うのもわからなくはないなぁ。
実際、道隆は大酒飲みで奔放な性格、女性関係も結構派手だったんだ。いくら今は
ラブラブな関係だとしても、長い目で見たら不安になるのは無理もないよね。
「忘れじ」は「忘れまい」と言った言葉のことで、相手（道隆）の言葉を引用してい
る。「行末までは」は「遠い将来までも変わらないことは」。「かたければ」は「困難
だから」の意味だが、何が困難かと言えば、遠い将来まで道隆の愛の誓いが守られる
と信じることが困難だということ。

幸せの絶頂にありながら、「今日を限りの命ともがな」と歌い上げなければならな
いほど、永遠の愛なんて信じられない。これは真理なんだろうけど、なんとも刹那的
な歌だよね。あるいは、仏教的な無常観からそう思ったのかもしれない。

それにしても道隆の死後、一門が衰退していくことを見通していたとも思える歌だ
から、不思議な気にさせられるね。

第85番

俊恵法師《しゅんえほうし》
（1113年‐没年不詳）

夜《よ》もすがら　もの思《おも》ふころは　明《あ》けやらで
ねやのひまさへ　つれなかりけり

訳：ひと晩中、恋の嘆きで沈んでいるこの頃は、なかなか夜が明けないで、寝室の板戸の隙間までも白んでくる様子もなく、まったくよそよそしいものですねぇ。

俊恵法師は父に源 俊頼《みなもとのとしより》（第74番）、祖父に源 経信《みなもとのつねのぶ》（第71番）を持つ、優れた歌人の家に生まれた。17歳のときに父と死別し、出家して東大寺の僧となり、俊恵法師と呼ばれた。

驚きなのは、現在伝わっている俊恵の歌の大半が40歳以降に詠まれていることで、これはかなり大器晩成型の歌人と言える。また、自宅を「歌林苑《かりんえん》」と名づけ、月ごとに歌会を開いてお互いに切磋琢磨しながら当時の歌壇に大きな刺激を与えたんだ。

そこには身分、立場を問わず多くの歌人が集まって歌を詠み合ったようだけど、

『百人一首』に選んだ歌人だけでも、藤原清輔《ふじわらのきよすけ》（第84番）、二条院讃岐《にじょうのいんのさぬき》（第92番）、寂蓮法師《じゃくれんほうし》（第87番）、道因法師《どういんほうし》（第82番）、殷富門院大輔《いんぷもんいんのたいふ》（第90番）といった、そうそうたるメンバーが参加したんだ。この時代に身分を問わず誰でも参加できたとは驚きだ。

## 〝多くを語らない美〟を理想とする

また『方丈記《ほうじょうき》』の著者として有名な鴨長明《かものちょうめい》も、俊恵に弟子入りして歌を学んだ。俊恵の歌論は鴨長明の『無名抄《むみょうしょう》』に書かれている。その歌の世界とは、風景と心情が重なり合った美の世界であり、余情を重んじて多くを語らないことを理想としていたようだ。

実はこれはボクの父・俊成《しゅんぜい》が提唱した「幽玄」の美にかなり近いもので、父・俊成とは異なる幽玄を確立したと言えるすごいものだ。恐るべし、俊恵法師！

なお、『無名抄』の中で俊恵が述べている自らの代表歌は、「み吉野の 山かき曇り 雪降れば 麓《ふもと》の里は うちしぐれつつ（＝吉野の山が一面に曇り雪が降り始めると、ふもとの里では時雨がしきりと降っているよ）」で、これは『新古今和歌集』に収められているもの。俊恵の提唱した、言葉にならない余情を見事に表現した絵画的な世界が表現されている。

ボクの撰んだ「夜もすがら」と比べてみて、あなたはどちらの歌が好きだろうか？

## 法師ながら〝女性の立場〟で実感を込めて詠む

「夜もすがら」の歌は俊恵が女性の立場に立って詠んだ歌だ。歌合に参加する友達のために代作してあげたものだという噂もある。

「夜もすがら」はひと晩中の意味。「もの思ふ」は恋する相手が来ないので思い悩むこと。「明けやらで」は実は『千載和歌集《せんざいわかしゅう》』では「明けやらぬ」となっている。「ねや」は「閨」と書いて寝室、「ひま」は板戸の隙間のこと。ここでは、薄情な恋人を「ねやのひま」に重ねているんだ。

妻問い婚だった時代、女性はただ男性が通ってきてくれるのを待つしかない身だった。一人で過ごす夜は、さぞ長く感じたことだろう。早く夜が明けてほしいと思っても、「ねやのひま」までもが意地悪なことに、なかなか朝の光を届けてくれない。

「つれなかりけり」＝「よそよそしいものですねぇ」と嘆く様子は、男性である俊恵が詠んだとは思えないほど実感が込もった歌だ。

同じように法師の身で、待ちわびる女性の立場の歌を詠んだのが素性法師《そせいほうし》（第21番）だ。時代は二百年以上違うけど、読み比べてみるのもおもしろいものだよ。

第88番

難波江《なにはえ》の　あしのかりねの　一夜《ひとよ》ゆゑ
みをつくしてや　恋《こひ》わたるべき

皇嘉門院別当《こうがもんいんのべっとう》
（生没年不詳）

訳：難波《なにわ》の入り江に生える葦《あし》の刈り根の一節ではないが、あなたとたった一夜の仮寝の契りを結んだために、身を尽くして恋し続けなければならないのでしょうか。

皇嘉門院別当は、崇徳院《すとくいん》（第77番）の皇后《こうごう》・皇嘉門院聖子《こうがもんいんせいし》に仕えた平安時代末期の女房だ。皇嘉門院聖子は藤原忠通《ふじわらのただみち》（第76番）の娘で、九条兼実《くじょうかねざね》の異母姉だ。その縁で、別当も兼実の歌会にはたびたび参加していたようだ。

「難波江の」の歌も、兼実の屋敷で催された歌合で「旅宿に逢う恋」という題で詠んだ歌とされている。ちなみに「別当」というのは簡単に言えば女官長。現代のキャリアウーマンだね。

## 見知らぬ旅人との〝行きずりの恋〟を歌った一首

この歌は、難波江の宿で出逢った見知らぬ旅人との一夜限りの契り――いわゆる〝行きずりの恋〟を歌ったもの。

「難波江」は歌枕で今の大阪湾の入り江。「難波潟」ともいい、潮の満ち干で砂地が見え隠れする遠浅地帯のこと。「かりね」は「刈り根」と「仮寝」の掛詞。「一夜」は「一節《ひとよ》」の掛詞。「刈り根」「一節」は「葦」の縁語。

「みをつくし」は「澪標」と「身を尽くし」の掛詞。「澪標」は舟の通り路を示すために水の深いところに立てた杭のことだ。「恋わたるべき」の「わたる」は「過ごし続ける」意で、上の句の「かりねの一夜」と皮肉な対照をなしている。「わたる」には「舟が水路を行く」の意も掛かっていて、「難波江」の縁語。

これでもか！　ってくらい技法のオンパレード。まさに、三十一文字の中に技巧を限界まで駆使した歌が評価された、「新古今調」の真骨頂とも言える歌になっている。

## 男女の関係の「儚さ」と「女の情念」を表現

この歌は数多くの技法が使われていると同時に、連想ゲームみたいなところがあって、「難波江↓葦↓刈り根（仮寝）↓一節（一夜）↓澪標（身を尽くし）↓恋ひわたる」と見事につながっている。風景を詠みつつ、一夜限りの男女の関係が永遠の恋に変わっていくさまを見事にとらえた名歌だ。

当時の人にとって、「難波江」というのは葦の名所であると同時に、荒涼茫漠たる海浜のイメージを喚起させ、また伊勢《いせ》の歌（第19番）にもあるように、儚い恋を象徴する歌枕にもなっていたんだ。

この別当の歌は、旅の宿での行きずりの関係のはずが、身を尽くして一生恋い慕うようになってしまった女性の想いを詠んでいる。しかし、ベテラン女官長であった別当自身の体験談ではなく、当時このあたりに多くいた遊女の身になって詠んだものなんだ。伊勢の歌同様に男女の関係の儚さと、相手を忘れられずにいる女の情念を表現しているね。

一夜限りの関係が永遠の恋（恋ひわたる）に変わってしまったのは、当然素晴らしい相手に出逢ったからだとはいうものの、もう二度と逢えない哀しさと恨めしさも込み上げてくる……。女心は複雑なのよ、と言わんばかりの歌だね。

# 3章

# 百花繚乱！宮廷女房の華やかな知性薫る歌

宮中には、天皇やその女御たちに、多くの女房が仕えていた。後宮のサロンを華やかに彩ることが、女房の大事な役目。豊かな教養や和歌の心得があるほど、彼女たちは重用されていた。この章では、そんな宮廷女房の知性薫る歌を集めてみた。

## 第19番 伊勢《いせ》

（872?-938?年）

**難波潟《なにはがた》 短《みじか》き葦《あし》の ふしのまも**
**あはでこの世《よ》を すぐしてよとや**

訳：難波潟に生えている葦の、節と節との間が短いように、ほんの短い間さえあなたに逢うこともなく、このまま一生を過ごしてゆけと言うのですか。

伊勢は、恋多き女として知られた一流歌人。平安時代、女房は公の場では女房名で呼ばれるが、彼女は父・藤原継蔭《ふじわらのつぐかげ》が伊勢守だったことから伊勢と呼ばれていた。

宇多《うだ》天皇《てんのう》の中宮《ちゅうぐう》温子《おんし》に女房として仕えていた伊勢は、温子の兄・仲平《なかひら》と恋仲になる。しかし仲平の父は、時の最高権力者である藤原基経《ふじわらのもとつね》。身分違いの恋は仲平の出世とともに終わりを告げた。

仲平に捨てられて傷心の伊勢は、一度宮中を去った。ところが、その間も仲平の兄・時平《ときひら》や色好みで有名な平貞文《たいらのさだぶみ》から熱心に言い寄られていたようだ。ただ平貞文に関しては完全に無視していたようで、貞文から「手紙を見たよ、とだけでも返事をしておくれ」と言われた伊勢は、たったひと言、「見た」とだけ書いて送り返したそうだ。このあたり、彼女の気の強さが窺えるね。

## 美貌のモテモテ女房→帝の愛人に！

さて、傷心の伊勢は一年ほど田舎にこもった後、中宮温子の呼びかけで再び宮中に戻る。すると、今度はなんと時の帝、宇多天皇から寵愛を受けることになってしまう。それにしても、伊勢さんはモテモテだね。よほど才色兼備の女性だったんだろう。

この宇多天皇もなかなかの女好きでいらしたが、伊勢はやはり格別だったようで、二人の間には間もなく皇子が生まれたんだ。ところが、皇子は幼くして亡くなってしまい、またも別れが訪れる。

失意に沈む伊勢に近寄ってきたのは、今度は宇多院の第四皇子・敦慶親王《あつよししんのう》。二人の間には娘・中務《なかつかさ》が生まれる。彼女は無事に成人して、中務は伊勢の歌の才能を見事に受け継ぎ、優秀な歌人となった。三度目の正直、よかったね。

## 突然去っていった恋人への恨み節

さて、「難波潟《なにわがた》」の歌は誰にあてたものかはっきりしていないが、『伊勢集』の詞書《ことばがき》に「秋ごろ、うたての人の物いひけるに（＝秋の頃、ある人がひどいことを言ったので）」とあるので、おそらく最初の恋人仲平ではないかと思われる。

「難波潟」は今の大阪湾の入り江。「潟」は潮の干満で砂地が見え隠れする遠浅地帯。「ふしのま」は掛詞で、「葦《あし》の節と節との間」の意味と、「短い時間」の二つの意味を表わすものとなっている。「世」には、世の中という意味と、男女の仲という意味が含まれているんだね。「過ぐしてよとや」は「このまま一生を過ごしてしまえと、あなたは言うのでしょうか」という意味。

伊勢は紀貫之《きのつらゆき》と並び称されることもあった名高い歌人だけに、この歌でもいろいろな技巧を凝らしているが、内容的には、恋い慕う相手にほんのわずかな時間さえも逢えないつらさを歌っているだけだ。

しかし、この歌の真骨頂は「てよとや」のところで逆ギレ気味なほど強い、恋人への投げかけになっているところ。これを受け取る相手の男性にしてみれば、かなり怖いものだ。伊勢くらいのレベルの高い女性の恨みを買うと、相当なしっぺ返しがあることを覚悟しなければならないと思い知らされるね。

第38番

右近《うこん》

（生没年不詳）

忘《わす》らるる　身《み》をば思《おも》はず　誓《ちか》ひてし
人《ひと》の命《いのち》の　惜《を》しくもあるかな

訳：あなたから忘れられる私の身は、自業自得と思ってあきらめます。でも、永遠の愛をお誓いになったあなた自身の命が神罰で失われるのではと、惜しまれてなりませんよ。

右近は醍醐《だいご》天皇《てんのう》の皇后《こうごう》穏子《おんし》に仕えた女房だ。右近と言えば、当時を代表するプレイガール。ボクが知っているだけでも藤原敦忠《ふじわらのあつただ》（第43番）、藤原朝忠《ふじわらのあさただ》（第44番）、元良親王《もとよししんのう》（第20番）などなど、そうそうたるメンバーとおつき合いがあったようだ。

中でも藤原敦忠との恋愛は『大和物語《やまとものがたり》』にも書かれるほど有名。敦忠と言えば藤原《ふじわらの》時平《ときひら》の息子で超御曹司。詳しくは敦忠の項（74ページ）を読んでもらうとして、彼も相当なプレイボーイだったから、二人の恋愛は今で言う芸能人同士のゴシップとして、当時の貴族たちの噂話に上ったことは想像に難くないね。

## 女心の一途さか、去っていった男への皮肉か

「忘らるる」の歌も、その敦忠に対して詠んだ歌だと思われている。

無情にも去っていった敦忠に対して、彼を恨むのではなく、その身を案じている内容になっているのだが、はたしてこれは本心だろうか？

「身をば思はず」の「身」は「あなたから忘れられる自分の身」で、「自分の身のことは思わない」＝「あなたから捨てられた自分の身は、自業自得と思ってあきらめます」と、殊勝なことを言っている。

そして、あなたが自ら誓ったことを破った結果として、命が縮まるような神罰が下るに違いない、それを惜しく思いますと、あくまで純粋に相手のことを心配しているように詠んでいる。

この歌、このようにパッと見は恋人（敦忠）の身を案じている女心の一途さを詠んだもののようだが、見方を変えるとあまりにも大げさな表現ゆえに、実は自分のもとを去っていった敦忠を皮肉っているようにもとれる。いや、彼女が歌に長《た》けていて男性経験も豊富だったことを考えると、この歌の真意は自分を捨てた敦忠への皮肉と見るほうが正しいのかもしれないね。

## 実はあの「紫の上」もこの歌を引用！

『源氏物語』の中で、ヒロインの紫の上《むらさきうえ》が、この右近の歌をつぶやく場面がある。

光源氏《ひかるげんじ》が政敵に敗れて須磨、明石に退居していた間、失意のどん底に落ちてつましく暮らしているかと思いきや、ちゃっかりと現地で明石《あかし》の君《きみ》という女性と結婚して子供までもうけていた。

光源氏のいない都で寂しく留守番をしていた紫の上は、帰京した光源氏から明石の君の話をされたとき、「身をば思はず……」と、この右近の歌をつぶやいたのだ。

紫の上としては、もう恨み言の百個も千個も万個も……言いたいところをグッとこらえての、このひと言。それが右近の詠んだこの歌とくれば、たぶん男性にとっては一番きついはず。何も文句を言わないどころか、裏切った相手のことを心配する歌を詠まれた日には、これは、参りましたと言うしかないね。

もちろん効果てきめんで、光源氏は紫の上によりいっそうの愛情を感じた、と物語では書かれている。さすが紫の上、いや、紫式部《むらさきしきぶ》！

# 有馬山《ありまやま》 ゐなのささ原《はら》 風吹《かぜふ》けば いでそよ人《ひと》を 忘《わす》れやはする

第58番 大弐三位《だいにのさんみ》
（生没年不詳）

訳：有馬山に近い猪名《いな》の笹原に風が吹くと、笹の葉がそよそよと音を立てます。さあそれですが、あなたは私の心変わりが心配だとおっしゃいますが、私があなたを忘れたりしましょうか、忘れはしません。

大弐三位こと藤原賢子《ふじわらのかたこ》は、あの紫式部《むらさきしきぶ》（第57番）の娘だ。母親とともに一条天皇《いちじょうてんのう》の中宮彰子《ちゅうぐうしょうし》に仕えた。宮廷生活になじめなかった母とは違って、彼女は多くの貴公子たちとの恋愛を楽しんだようだ。藤原定頼《ふじわらのさだより》（第64番）、藤原頼宗《ふじわらのよりむね》（道長の子）などとつき合った後、道長の甥にあたる藤原兼隆《ふじわらのかねたか》と結婚し一女をもうけている。

ちょうどその頃、後冷泉天皇《ごれいぜいてんのう》が誕生し、大弐三位は乳母に抜擢されたんだ。天皇の乳母の権力は絶大。彼女は従三位《じゅさんみ》、典侍《ないしのすけ》と見事に出世し、大宰大弐《だざいのだいに》（大宰府の長官）だった高階成章《たかしなのなりあきら》と再婚する。「大弐三位」の名前はここからとられているんだ。

若い頃は貴公子と恋愛を楽しみ、仕事ではバッチリ出世、のちに権力と金のある男と結婚するとは、生き方に少し不器用さを感じた母・紫式部とは正反対に感じられはしないだろうか。

## 男に「心変わりが心配だ」と言われて一首

この「有馬山」の歌は、訪れが減ってきた男が、「あなたの心変わりが心配なので」と言って寄越したのに対して、返事をする形で詠んだもの。

「有馬山」は神戸市にある山。「ゐな」は掛詞で、「否」と、「猪名」という有馬山に行く途中の地名が掛かっている。有馬山と猪名は「有り」と「否」で対比の関係で、この二つの地名はセットでよく和歌に登場するんだ。

「有馬山　ゐなのささ原　風吹けば」までが「そよ」の序詞。風が吹くと笹原がそよそよと音を立てることと、男への返事「それですよ」の意味が掛けられている。

この歌は結局「いでそよ人を　忘れやはする（＝私があなたを忘れたりしましょうか、いやしません）」のところが言いたいだけなんだけど、「そよ」の語を導き出すための「有馬山　ゐなのささ原　風吹けば」という序詞と、その中の技巧が非常に生きているね。

## 男の勘ぐりを〝やわらかく〟受け返す

最近、女のところへの訪問が減っているものの、もしかしたらそれをいいことに女は別の男と浮気をしているのかもしれない、と男のほうが邪推するのは、結局、自分が後ろめたいことをしているからに過ぎない（ボクも心当たりがあるなぁ）。

自分の浮気を棚に上げて、相手の心変わりが不安だなんて言ってくる男に対して、「よくもまぁ、そんなことが言えるわね！」と反発したくなるのは当然のことだよね。本来ならば腹が立って仕方がないし、ヒステリックな返事をしたいところ。

しかし、ここはあえてやわらか～く「そよ」と受け返して、あなたの心にこそ浮気の風が吹いているのではありませんか、私のほうはあなたのことを忘れていませんよと詠むあたり、並大抵の才能と度量ではないと感じるね。

さすが紫式部の娘だけあって、和歌の腕前も一流だ。

第60番

小式部内侍《こしきぶのないし》
（生年不詳－1025年）

# 大江山《おおえやま》　いくのの道《みち》の　遠《とほ》ければ　まだふみも見《み》ず　天《あま》の橋立《はしだて》

訳：大江山を越えて、生野を通っていく道は遠いので、まだ天の橋立の地を踏んでみたこともありませんし、もちろん母からの手紙など見たことがありません。

小式部内侍は、恋多き女流歌人として有名な和泉式部《いずみしきぶ》（第56番）の娘だ。父は母の最初の夫、和泉守橘道貞《いずみのかみたちばなのみちさだ》。母親譲りの美貌と歌才で、モテモテの人生を送ったんだ。母親と一緒に一条天皇《いちじょうてんのう》の中宮彰子《ちゅうぐうしょうし》に仕え、「小式部」と呼ばれるようになった。

まだ10代だった小式部は、宮廷でもアイドル的存在で、多くの貴公子たちが言い寄ってきたようだ。

あるとき宮中で歌合が行なわれることになり、本来ならば参加するはずの和泉式部が、再婚した夫の藤原保昌《ふじわらのやすまさ》について丹後《たんご》に下っていたので、その代理として娘の小式部内侍が参加することになった。当時、まだ15歳そこそこだった小式部内侍の歌は、あまりに上手すぎて母親が代理で詠んでいるのではないかという噂があったんだ。

そこで小式部内侍のもとに藤原定頼《ふじわらのさだより》（第64番）がやってきて、「小式部さん、お母さんに助けてもらうために、もう丹後に使いは出したの？　歌は自分でちゃんと詠めるのかい？」」とからかった。そこで小式部内侍がすぐさま詠んだのが、この歌。

「大江山」は山城国《やましろのくに》と丹波国《たんばのくに》の境にある大枝山のことで、「いくの」は京都府福知山市にある「生野」。この「いくの」は「行く」と「生野」、「ふみ」は「踏み」と「文（手紙）」の掛詞になっている。「踏み」は「橋」の縁語。「天の橋立」は京都府宮津湾にある日本三景の一つだ。

都から母親のいる丹後に至るまでの地名が三つも入り、あらゆる技法を駆使したこの和歌を、わずか15歳の少女が即答で詠んだとは驚きだね。からかったつもりの定頼もこれにはビックリして、返歌もせずに退散したようだ。

こんな二人だが、のちのち恋仲になったらしいから、男女の仲はわからないものだ。

## 美人薄命……母・和泉式部の涙の絶唱

美人で歌才にも恵まれた小式部内侍は、多くの貴公子に愛された。しかし、藤原公成《ふじわらのきんひら》との間の子を出産したときに死んでしまう。まだ20代半ばの早すぎる死だ。

娘に先立たれた母・和泉式部が、このとき詠んだ歌は涙なくしては読めない。
「とゞめおきて 誰《たれ》をあはれと 思ふらん 子はまさるらん 子はまさりけり（＝幼な子と母親の私を残して死んでしまった娘は、どちらをよりかわいそうだと思っているだろうか。きっと母の私より子をかわいそうに思っているだろう。私にもあの子との死別が何よりもつらかったのだから）」。
和泉式部の歌才は誰もが認めるところだけど、この歌からは、真実、心からの叫びが聞こえる気がする。
「子はまさるらん 子はまさりけり」。

第61番

# いにしへの　奈良《なら》の都《みやこ》の　八重《やへ》ざくら　今日《けふ》九重《ここのへ》に　匂《にほ》ひぬるかな

伊勢大輔《いせのたいふ》
（生没年不詳）

訳：昔、奈良の都で咲いていた八重桜が、今日はこの宮中で色美しく咲き誇っていることよ。

伊勢大輔は代々神官の家系で、父・大中臣輔親《おおなかとみのすけちか》も伊勢の祭主だったことから伊勢大輔と呼ばれるようになったんだ。寛弘《かんこう》四（一〇〇七）年頃から一条天皇《いちじょうてんのう》の中宮彰子《ちゅうぐうしょうし》に仕えたので、同僚の女房である紫式部《むらさきしきぶ》や和泉式部《いずみしきぶ》、赤染衛門《あかぞめえもん》とも親交があったようだ。

この歌は、彰子のもとに奈良から八重桜が献上されてきたときに詠まれたものだ。使者から桜を受け取って帝にお渡しする役は決まっていて、紫式部がそのつとめを果たすはずだった。しかし、先輩女房である紫式部は、後進育成のため（あるいは、いじめ？）、まだ出仕して間もなかった伊勢大輔にその役を譲ったんだよ。

しかも、彰子の父親であり、「望月《もちづき》の　欠けたることの　なしと思へば」と歌った時の権力者である藤原道長《ふじわらのみちなが》が、「桜を受け取るついでに和歌も詠みなさい」と命じたそうな。というのも、伊勢大輔の祖父・能宣《よしのぶ》は三十六歌仙、父親の輔親も中古三十六歌仙に選ばれたほどの優れた歌人だったため、伊勢大輔にかなり期待していたのだ。

そんなプレッシャーの中、伊勢大輔がとっさに詠んだのが、この歌だ。

## 九重（宮中）で咲き誇る八重桜を寿《ことほ》いだ歌

八重桜は奈良が有名で、京都では珍しかったために献上された。奈良は和銅三（七一〇）年〜延暦三（七八四）年までの旧都。この歌が詠まれたとき、すでに奈良は古都になっていたんだ。

「九重」は「宮中」の意。昔、中国で王宮を九重の門で囲ったことから、宮中のことを九重と呼ぶようになったんだ。八重桜の「八重」と対照させて、宮中の素晴らしさを暗示している。「匂ひ」は香りじゃなくて、見た目のつややかな美しさのこと。

「いにしへの」「奈良の」「都の」と「の」を三つ続けることで、華麗な流れができ、「いにしへ」と「けふ（今日）」、「奈良」と「けふ（京）」、「八重」と「九重」という対照関係を経て、詠嘆の「かな」で感動のフィナーレ。当時の平安宮廷文化の円熟味を感じさせる歌になっているね。

第65番

# 恨《うら》み侘《わ》び ほさぬ袖《そで》だに あるものを 恋《こひ》に朽《く》ちなむ 名《な》こそ惜《を》しけれ

相模《さがみ》
（998？-1061？年）

訳：あの人のつれない仕打ちを恨み、嘆く涙で乾く暇のない袖さえ朽ちもしないのに、この恋の浮き名のために、簡単に朽ちてしまう私の名誉がとても惜しいのです。

相模は一条天皇《いちじょうてんのう》の皇女や後朱雀天皇《ごすざくてんのう》の皇女に仕えた女房。歌会でも大いに活躍した。源　頼光《みなもとのよりみつ》の娘（養女）と言われている。頼光と言えば酒呑童子《しゅてんどうじ》（鬼の頭領）退治や土蜘蛛《つちぐも》退治をした英雄として有名。そんなゴッドファーザーを父に持った相模は、超お金持ちの家のお嬢様として育ったようだ。

幼い頃は乙侍従《おとじじゅう》と呼ばれ、のちに相模守の大江公資《おおえのきんすけ》と結婚したことから「相模」と呼ばれた。ところが結婚生活は苦悩も多かったようで間もなく破綻し、ここから相模の奔放な恋愛遍歴が始まる。

有名なところだと、藤原定頼《ふじわらのさだより》（第64番）との恋愛がある。ただし、定頼もなかなかモテたようで、この本の中でも小式部内侍《こしきぶのないし》や大弐三位《だいにのさんみ》などの相手として、たびたび登場している。

また歌人としては、和歌六人党と呼ばれた当時の歌人集団の指導者的立場にいたんだ。順徳院《じゅんとくいん》（第１００番）も相模がお気に入りだったみたいで、赤染衛門《あかぞめえもん》、紫式部《むらさきしきぶ》、和泉式部《いずみしきぶ》と並んでも恥じない歌人として相模を挙げて称賛しているんだ。

## ロマンスに生きた女流歌人の〝円熟味〟ある歌

「恨み侘び」の歌は、内裏で行なわれた歌合で「恋」のお題で詠まれたものだ。

これは相模が50歳くらいのときに詠んだ歌。多くの男性と浮名を流した経験豊かな相模だからこそ、いろんな想いが伝わってくる一首だよね。

移り気な男の心が自分から離れていくにつれ、恨みの涙で濡れて乾く暇がない袖。でも、その袖はどんなに濡れても朽ちもしないのに、一方では恋の浮き名が立って世間から笑いものにされることで、自分の名誉は簡単に朽ちていってしまう。なんて惜しいの～、という思いを詠んだもの。

数々の恋愛遍歴を持つ相模の、恋愛に情熱を傾けてきた人生と、歌人としての自負が見てとれる歌だ。

第67番

周防内侍《すおうのないし》
（生没年不詳）

春《はる》の夜《よ》の　夢《ゆめ》ばかりなる　手枕《たまくら》に
かひなくたたむ　名《な》こそ惜《を》しけれ

訳：春の夜の短い夢のように儚いあなたの手枕を借りたがために、つまらなくも立ってしまうような浮き名なんて口惜しいだけですよ。

周防内侍は周防守《すおうのかみ》だった平棟仲《たいらのむねなか》の娘。本名は平仲子《たいらのなかこ》。四人の帝に仕えた。
そんな周防内侍が、一時期住んでいた家（冷泉堀川北西角あたり）を人手に渡して退去する際、「住みわびて　我さへ軒の　忍ぶ草　しのぶかた〴〵　しげき宿かな（＝この家にはもう住んでいられず、私までも古家の軒端に生える忍ぶ草のように立ち退くことになってしまった。忍ぶと言えば、いろいろ懐かしいことの多い家であるよ）」という歌を柱に書きつけた。
すると、この周防内侍の旧宅は、『今鏡《いまかがみ》』『無名抄《むみょうしょう》』『今物語《いまものがたり》』などに記されるほど

有名になり、一種の旧跡・名所のようになってしまった。

その後、数十年も時代が下り、荒れ果てた周防内侍の旧宅を訪れた西行が次の歌を詠んでいる。

「いにしへは　ついゐし宿も　ある物を　何をか今日の　しるしにはせん（＝ここには昔、周防内侍が住んでいた家がまだ残っているのに、今日、そこを訪れた私は何を思い出のしるしにしようか）」。

## ガールズトーク中にナンパされてひと言

「春の夜の」の歌は、詞書によると、如月《きさらぎ》（陰暦二月）の月の明るい夜に詠まれた。その夜、二条院で女房たちが夜更けまでガールズトークをしていた。

周防内侍が眠くなり、「枕がほしいわ……」とつぶやいたところ、「これをどーぞ！」と御簾《みす》の下から男の腕が出てきたそうな。ちなみにこの男、ボク（定家）のひいおじいちゃんの藤原忠家《ふじわらのただいえ》。「腕枕をしてあげるよ（＝一夜をともにしようよ）☆」と誘ったわけだ。そこで周防内侍が驚いて詠んだのがこの歌ってわけ。

「春の夜」っていうのは「秋の夜長」の反対で、短い夜のこと。「春の夜の夢」って出てきたら、短く儚いもののたとえとして使われるんだ。「かひなく」は「つまらない」の意味。「甲斐なく」と「かひな（腕）」の掛詞。このあたり、上手いね！

「名こそ惜しけれ」の結び文句は相模《さがみ》（第65番）の歌と同じだ。この場合の「名」は「浮名」の意。ちょっとばかり借りた手枕程度で、あなたとの浮名が立つなんてイヤですよ、とやんわり軽くいなしている。たわむれかかってきた忠家を、実に上品にかわしているね。

この周防内侍の歌に対してひいおじいちゃん・忠家はすぐに返歌をしているんだ。「契りありて 春の夜深き 手枕を いかがかひなき 夢になすべき（＝縁があって差し出すことになった手枕を、甲斐のない夢にするわけがないでしょう）」と切り返している。実際に二人の関係がどうだったか知る由もないけど、こういう艶っぽい貴族の会話は風流でいいものだ。ちなみに周防内侍と藤原忠家をめぐる恋愛話は、江戸の元禄期に流行した土佐浄瑠璃の作品『周防内侍美人桜』で描かれるまでになったんだ。

## 音《おと》に聞《き》く　高師《たかし》の浜《はま》の　あだ浪《なみ》は　かけじや袖《そで》の　ぬれもこそすれ

第72番

祐子内親王家紀伊《ゆうしないしんのうけのきい》（生没年不詳）

訳：噂に高い、高師の浜のいたずらに立つ波で袖が濡れないように気をつけましょう。なんといっても浮気者で有名なあなたに恋しないように気をつけないと、やがて捨てられて涙で袖を濡らすことになると困りますから。

祐子内親王家紀伊は、後朱雀天皇《ごすざくてんのう》の第一皇女《だいいちこうじょ》祐子内親王《ゆうしないしんのう》に仕えたことから、一宮紀伊とも呼ばれている。

この歌は堀川院《ほりかわいん》の「艶書合《けそうぶみあわせ》」というイベントで詠まれたもの。これは、恋歌や恋文を作って競い合うものだ。基本的には男が女にあてて恋歌を詠み、女がそれに返歌をする形式をとる。

今回の紀伊の歌は、ボクのおじいちゃんである藤原俊忠《ふじわらのとしただ》が、「人知れぬ　思ひありその　浦風《うらかぜ》に　浪のよるこそ　言はまほしけれ（＝私は人知れずあなたを想っています。

荒磯の浦風に波が寄せるように、夜にあなたを訪ねて話したいのですが)」と紀伊に向けて詠んだものへの返歌だ。

この歌は、「(思ひ)ありその」に「荒磯《ありそ》」、「よる」に「寄る」と「夜」が掛けられているが、要するに「人知れぬ恋ゆえに、夜にあなたを訪ねていきたい」という、ストレートな求婚になっている。

さて、それに対して紀伊はなんと返歌しているのか。こういう男女の贈答歌では、男からの求愛に対して女が冷たくあしらうのがお決まりのパターン。

艶書合では歌の優劣を競うため、内容はさておき、いかにテクニックを盛り込むかが重要になってくる。

## 29歳vs.70歳は、老練な紀伊おばあちゃんの勝ち！

まず、「音」っていうのは「噂」のこと。「高師の浜」は、今の大阪府堺市から高石市一帯の海岸。今は埋め立てられてしまって影も形もなくなっているみたいだけど、当時は歌枕になっている名所だったんだ。

「高師」は地名の高師と「音に高し」の意味が掛けられている。「あだ浪」はいたずらに寄せては返す波のことで、この波を浮気な人にたとえているんだ。

「ぬれもこそすれ」の「ぬれ」には「波で袖が濡れ」と「涙で袖が濡れ」が掛けられ

ている。「ぬれ」「かけ」は「浪」の縁語だ。

俊忠のほうも掛詞はいくつかあったものの、紀伊の歌のほうがはるかに技巧的で洗練されているね。

俊忠の歌の「人知れぬ　思ひありその」に対して「音に聞く　高師の浜の　あだ浪」で対抗し、「『人知れぬ　思ひありその』なんて口から出まかせでしょ。私はプレイボーイで有名なあなたに浮気されて泣きたくなんてないですから、心をかけたりしませんよ」と見事に切り返している。

このとき俊忠は29歳、紀伊は70歳前後のおばあちゃんだったらしい。年齢差自体がちょっと意地悪だけど、紀伊の素晴らしい返歌に、若かりし祖父も驚いたに違いない。

第80番

# ながからむ　心《こころ》も知《し》らず　黒髪《くろかみ》の　みだれてけさは　ものをこそ思《おも》へ

待賢門院堀河《たいけんもんいんほりかわ》
（生没年不詳）

訳：あなたが変わらぬ愛を誓ってくださっても、その心が本当かどうかは私にはわかりません。あなたとお別れした今朝、黒髪が乱れているように、心も千々に乱れ、物思いに沈んでいます。

待賢門院堀河は、鳥羽天皇《とばてんのう》の中宮待賢門院璋子《ちゅうぐうたいけんもんいんたまこ》に仕えた女房であった。堀河が仕えた璋子の子である崇徳天皇《すとくてんのう》（第77番）はかわいそうなお方で（詳しくは188ページ参照）、政略的に退位させられてしまうのだが、その後に母の璋子も立場を失い出家、女房として仕えていた堀河も主人に従って出家した。

この歌はそんな悲劇の帝王、崇徳院の命令で作られた「久安百首《きゅうあんひゃくしゅ》」の中に入っている。「久安百首」というのは藤原顕輔《ふじわらのあきすけ》（第79番）やボクの父・藤原俊成《ふじわらのしゅんぜい》（第83番）ら優秀な歌人たちから集めた百首の歌のことだ。堀河は男から届いた「後朝《きぬぎぬ》の歌」に対する返歌としてこの歌を詠んでいる。

## 乱れる〝美しい黒髪〟に宿っているのは……

「ながからむ心」とは「末長く女を忘れまいという男の心」のこと。「ながから」は「黒髪」の縁語。「心も知らず」とは、愛を誓ってくれた男性の心が本当かどうかわからないこと。「黒髪の」は「みだれ」の枕詞。この当時、女性にとって髪の毛は美人度をはかる重要ポイントだったんだ。

つやつやと長く豊かな黒髪が理想とされていて、あの『源氏物語』の中に出てくる末摘花《すえつむはな》も、顔は不器量だったけれど黒髪だけはとびきりきれいだったって書かれているんだ。それだけで十分、男性貴族たちを魅了する価値があり、光源氏《ひかるげんじ》もまんまとその美しい黒髪にだまされて（笑）、ライバルと争奪合戦まで繰り広げた末に末摘花と契っている（オチとしては、もちろん末摘花の顔を実際に見てしまった光源氏は唖然とするわけだけども）。

それほどの価値があった美しい黒髪が、ここでは「乱れた黒髪」として歌われているんだから、とてつもなくエロティックな表現なんだ。後世、明治時代の与謝野晶子が「くろ髪の 千すじの髪の みだれ髪 かつおもひみだれ おもひみだるる」って歌ったように、いつの時代も黒髪は女の命だ。

## すでに髪を下ろした尼が詠んだ、女の〝官能〟と〝孤独〟

この歌はボクが思うに、『百人一首』の中でも一、二位を争う官能的な恋歌だけど、さっきも説明したように「久安百首」のための題詠として詠まれたものなので、堀河の恋愛体験がリアルタイムで生々しく反映された歌というわけではない。

さまざまな人生経験を経て尼となり、すでに髪も下ろした堀河が、小説を書くようにフィクションとして詠んだものなんだ。

それでも、この歌には真に迫るものがあるように感じるのはボクだけだろうか。当時は男が女のところに通う通い婚。女はただひたすら男を待つだけの、とっても寂しく不安な立場だったんだ。いくら男が「末長く君を愛すよ」なんて言ってきたとしても、そんな男心は当てにならないことくらい、堀河はよ～くわかっていたんだね。

第90番

見《み》せばやな　雄島《をじま》のあまの　袖《そで》だにも
濡《ぬ》れにぞ濡《ぬ》れし　色《いろ》はかはらず

殷富門院大輔《いんぷもんいんのたいふ》
（生没年不詳）

訳：私の袖をお見せしたいわ。雄島の漁師の袖でさえ、いくら濡れても色が変わったりしないのに、私の袖は血の涙で濡れに濡れて、色が変わってしまっています。

殷富門院大輔は藤原信成《ふじわらののぶなり》の娘。後白河天皇《ごしらかわてんのう》の第一皇女、殷富門院に仕えた女房だ。

大輔は歌詠み上手の女房として有名で、ボク（定家）を始めとして源頼政《みなもとのよりまさ》、西行《さいぎょう》、俊恵法師《しゅんえほうし》、寂蓮法師《じゃくれんほうし》ら、当時を代表する歌人たちと交流があった。もちろん俊恵が白川の自坊で主宰していたサロン「歌林苑《かりんえん》（95ページ参照）」のメンバーでもある。たくさん歌を詠んだので、「千首大輔」ってあだ名がついたくらいだ。

鴨長明《かものちょうめい》が『無名抄』の中で、「近く女歌よみの上手にては、大輔・小侍従とてとりぐ〳〵にいはれ侍き（＝近頃の女流歌人の中で上手な人は、殷富門院大輔と小侍従であると世間でいろいろ言われました）」と書いているんだけど、そのライバルである小侍従と夜通し連歌に興じたり、名月の夜に歌人仲間の男性たちを誘って小侍従宅をいきなり訪問したりと、他の歌人たちも含めて結構気を許して自由につき合っていた様子が記録に残されている。なんとも、うらやましい限りだ。

## 百年の時を超えた男女の贈答歌

「見せばやな」の歌は、この時代から百年以上前に源重之《みなもとのしげゆき》（第48番）が詠んだ「松島や　雄島《をじま》の磯に　あさりせし　海人《あま》の袖こそ　かくはぬれしか」という歌を本歌取りしたもの。

源重之の歌は「松島の雄島の磯で漁をしている漁師の袖が濡れるのと同じほど、私の袖は哀しみの涙で濡れているのですよ」と無情な恋人をなじっている歌。そして大輔の歌は、この重之の歌に返歌をする形で詠まれている。二人の歌は、百年の時を超えた男女の贈答歌になっているんだ。

それにしても、重之の歌を知っていた大輔の教養はさすがだね。

## 恨み嘆く気持ちを〝血の涙〟と表現

この歌の初句の「見せばやな」では、「誰に」「何を」見せたいのかが、わからないまま疑問を持たせておいて、いきなり初句切れという離れ技を見せている。

「雄島」は宮城県松島湾の島。「あま」は漁師のこと。

「漁師の袖はそれは濡れるでしょうけど、私の袖のように色までは変わってないでしょ。見てよ、あなたの無情ゆえに、この血の涙で染まった私の袖を！」という大輔の歌は、つれない男を思って夜な夜な泣く女の恨みがひしひしと伝わってくるよね。初句で「見せばやな」と強く言い放っているところからも、その激情ぶりが上手く表現されている。

ちなみに「血の涙」という表現は、漢詩に出てくる「血涙《けつるい》」の訓読からきているんだけど、恨み嘆く気持ちを表現するときによく使われた言葉なんだ。私が流すのはただの涙どころではない、血の涙なのよ、と言っているところに、重之への返歌としての巧みさがあるね。

第92番

# 二条院讃岐《にじょうのいんのさぬき》

（1141?・1217?年）

わが袖《そで》は　汐干《しほひ》に見《み》えぬ　沖《おき》の石《いし》の
人《ひと》こそ知《し》らね　乾《かは》く間《ま》もなし

訳：私の袖は、潮が引いたときでも海中に隠れて見えない沖の石のように、誰も知らないでしょうが、いつも恋の涙で乾く間がないのです。

二条院讃岐は源三位頼政《げんざんみよりまさ》の娘。武将でもあり歌人でもあった父・頼政は、保元《ほうげん》の乱《らん》・平治《へいじ》の乱《らん》までは勝者側に立って戦い順調だったが、次第に平氏《へいし》に不満を持つようになり、以仁王《もちひとおう》を奉じて平氏打倒を企てたが失敗し、宇治で敗死している。

そんな父を持つ讃岐は、若い頃から二条天皇《にじょうてんのう》に仕え、内裏で開かれる歌会にも出席していた。父・頼政と親しかった俊恵法師《しゅんえほうし》（第85番）のサロン、歌林苑《かりんえん》にも顔を出し、多くの歌人たちと歌を詠み合っている才女だ。

二条院の崩御後は結婚して一度退出するが、後鳥羽天皇《ごとばてんのう》のときに中宮任子《ちゅうぐうにんし》（のちの宜秋門院《ぎしゅうもんいん》）に再出仕し、後鳥羽院プロデュースの歌の祭典、「千五百番歌合」にも参加している。しかし父のこともあったので、ただの苦労知らずのお嬢様ではなく、平安末期から鎌倉へと移る激動の時代を強く生き抜いた女流歌人だったんだ。

## 人知れず泣き濡れるのは恋のため？　それとも……

この歌は「石に寄する恋」というおもしろいお題で詠まれた歌なんだ。「何それ？」と思わず突っ込みたいところだが、讃岐は与えられたこの題で実に上手く詠んでいる。「わが袖は　汐干に見えぬ　沖の石の」の部分は、「わが袖」を「汐干に見えぬ　沖の石」にたとえて、自分の袖が涙で乾く間もないことを効果的に表現している。「沖の石」とは、海中深くに沈んでいる沖の石のこと。ここでは、人目につかないところで忍ぶ恋をしていることを意味している。

ここで歌われているのは人知れぬ恋心だが、讃岐の人生自体、「人こそ知らね　乾く間もなし」という苦労と涙の連続だったのかもしれないね。それほどにこの歌は真に迫ってくるものが感じられる。

## 「沖の石の讃岐」とあだ名されるほどの評判が立つ

この歌は全体を通してみると、「人知れぬ片思いの恋に、ただ泣き濡れているばかり」というウェットな内容が詠まれているんだけど、不思議にそのじめじめした感情的なところがあまり重たく感じられない。というのも、涙で濡れた袖を沖の石にたとえたところが、やはりユニークさを感じさせているからだね。

斬新なたとえを用いたこの歌は、当時ものすごく話題になって、讃岐は「沖の石の讃岐」とあだ名がつけられたほど評価されたんだ。

実はこの歌は、平安時代中期の歌人和泉式部《いずみしきぶ》（第56番）が詠んだ「わが袖は　水の下なる　石なれや　人に知られで　乾く間もなし」を本歌としている。

和泉式部の歌も流れるように詠んでいて素晴らしい出来だけど、「水の下なる石」を「沖の石」としたこの讃岐の歌のほうが、海の底深くに眠る石をイメージさせて芯の強さが感じられるぶん、一枚上手だとボクは思うなぁ。

コラム

## 歌合《うたあわせ》

歌合は、平安時代に始まった和歌の遊びだ。歌人たちを左右二組に分けて、それぞれが詠んだ歌に優劣をつけて一番ごとに勝ち負けを決めていく。勝ち負けを決める審判は判者と言われ、基本的にはその時代の歌壇の重鎮がつとめた。歌の題が前もって出される場合と、当日発表される場合とがあり、その題に従って歌を詠むのがルールだ。

ただし、実際に和歌を作ったのは、歌合の会場に出席した貴族とは限らない。それぞれのチームが選りすぐりの歌人を集め、自分の代わりに歌を作らせる場合もあった。

もっとも古い歌合は、記録に残るところでは仁和元（八八五）年頃の「民部卿《みんぶきょう》行平家歌合《ゆきひらのいえのうたあわせ》」とされている。歌合が始まった頃はお祭り的なイベントだったが、平安時代後期になると次第に文芸性が高まっていき、『新古今和歌集』の編纂された時代に最盛期を迎えた。また、歌の優劣が出世にかかわる場合もあった。

歌合は平安時代に五百回ほど行なわれたが、中でも有名な歌合としては、天徳四（九六〇）年に村上天皇《むらかみてんのう》が開催した「天徳内裏歌合《てんとくだいりうたあわせ》」がある。

他にも、後鳥羽《ごとば》院《いん》（第99番）が建仁元（一二〇一）年に開いた「千五百番歌合」は最大規模の歌合として有名だ。当時、歌人として活躍していた三十人を集め、各人に百首ずつ詠進させて行なったもの。

参加者の中にはボク藤原定家《ふじわらのていか》（第97番）、藤原俊成《ふじわらのしゅんぜい》（第83番）、藤原家隆《ふじわらのいえたか》（第98番）、慈円《じえん》（第95番）、寂蓮法師《じゃくれんほうし》（第87番）、二条院讃岐《にじょうのいんのさぬき》（第92番）、藤原雅経《ふじわらのまさつね》（第94番）など、この『百人一首』のメンバーが数多く参加している。

# 4章

# 〝意外な背景〟あり！ 知れば知るほどおもしろい歌

和歌は、歌人の生涯と切っても切り離せないもの。その歌が詠まれた背景に、どんな事情やエピソードが隠れているのかを知れば、歌の世界は一気に深みを増す。本章には、そんな好奇心をそそられる歌を集めてみた。

第1番

天智天皇《てんじてんのう》
（626-671年）

# 秋《あき》の田《た》の　かりほの庵《いほ》の　とまをあらみ　我《わ》が衣手《ころもで》は　露《つゆ》にぬれつつ

訳：秋の田のほとりに建てられた仮小屋は、屋根の苫《とま》の目があらいので、そこにこもって番をしている私の袖は夜露で濡れてしまっているよ。

『百人一首』の記念すべき一首目に登場するのは天智天皇だ。平安時代の末期に生きたボク（定家）にとっても、天智天皇といえば五百年以上も昔の天皇だけに歴史上の人物。即位される前の中大兄皇子《なかのおおえのおうじ》という名前でも知られている。

中大兄皇子は皇極四（六四五）年、中臣鎌足《なかとみのかまたり》らと一緒に、朝廷の有力者だった蘇我《そがの》入鹿《いるか》を暗殺するというクーデターを起こした。入鹿の父・蝦夷《えみし》も自殺、そして朝廷の中心にいた蘇我氏を滅ぼし、新しい天皇を即位させて自らは皇太子となり、朝廷の中心人物として改革を行なっていった。これが有名な「大化の改新」だ。

中大兄皇子は長らく皇太子のまま政務を執り、都を飛鳥から近江大津宮《おうみおおつのみや》に移したり、近江令を制定したりもした。また、庚午年籍《こうごねんじゃく》という日本初の戸籍台帳を作り、律令体制の基礎を築いたお方でもあるんだ。

その後、天智天皇の崩御後に起きた壬申《じんしん》の乱《らん》において、弟の大海人皇子《おおあまのみこ》が、天智天皇の息子の大友皇子《おおとものおうじ》に勝利して即位し天武天皇となる。それによって天智系統は一度は途絶えてしまったけれど、平安朝になって再び天智直系の子孫たちが皇位についたことで、天智天皇は歴代天皇の祖として、人々からとっても尊敬されていたんだ。

天智天皇の恋愛話としては、大海人皇子の妻であった額田王《ぬかたのおおきみ》を奪ったというものが有名だけど、事実ではないという説もあって真偽ははっきりしないところだ。

## 天皇が〝粗末な仮小屋〟に泊まった……それって本当？

この歌をボクが『百人一首』の一首目にもってきたのは、さっきも言ったように、歴代天皇の祖として尊敬される天智天皇の作品だから。

でも実は、この作品は天智天皇が詠んだものではないと考えられている。『万葉集』にはこの和歌によく似た「秋田刈る 仮廬《かりほ》を作り 我が居れ《を》ば 衣手寒く 露ぞ置きにける」という和歌が「詠み人しらず」として掲載されている。この和歌に少し手を加えたのが天智天皇作となっているこの歌ってわけ。いくらなんでも天皇ご自身が田んぼのほとりの仮小屋に泊まって夜露に濡れたなんて考えづらいよね。でもボクの時代では心優しき天智天皇が、農民の心をよく理解して詠んだ歌ってことになっている。「かりほ」は「かりいお（借庵）」がちぢまったもので、農作業のための粗末な仮小屋のこと。大切な稲が獣に荒らされないように泊まって番をしたんだよ。「仮庵」と「刈穂」は掛詞。「かりほ（借庵）の庵」は重ね言葉といって、同じ言葉を使って語調を整えている。「苫をあらみ」は「苫の目があらいので」。「衣手」は袖のこと。

## しんみりとした余情漂う一首

『百人一首』のトップに何を持ってくるかは迷いに迷った。ただ上手ければよいってものではないし、人物的にもみんなが納得する人でないと……ということで天智天皇のこの歌を持ってきたわけ。

大化の改新を成し遂げた天智天皇が、田んぼの片隅の仮小屋に泊まり、獣が来ないよう稲の見張り番をしている。そこで夜も更け、冷たい夜露が屋根からしたたり落ちてきて着物が濡れそぼってくる……まさにこれこそ「渋い」世界。でもその渋さこそが、この歌の真髄なんだよ。

第2番

持統天皇《じとうてんのう》
（645－702年）

春《はる》過《す》ぎて　夏来《なつき》にけらし　白妙《しろたへ》の
衣《ころも》ほすてふ　天《あま》の香具山《かぐやま》

訳：いつの間にか春が過ぎて、いよいよ夏が来たらしい。純白の夏の衣を干すという天の香具山に。

持統天皇は、『百人一首』のトップバッターをつとめた天智天皇《てんじてんのう》の皇女だ。13歳のときに、叔父の大海人皇子《おおあまのみこ》（のちの天武天皇《てんむてんのう》）の皇后となられた。17歳で草壁皇子《くさかべのみこ》を産み、天武天皇が亡くなった後は自ら天皇として即位した。孫の文武天皇《もんむてんのう》に譲位した後は史上初の太上天皇にもなり、文武天皇と並び座して政務を執ったと言われている。
「春過ぎて」の歌のもとの歌は、『万葉集』にある「春過ぎて　夏来るらし　白妙の　衣ほしたり　天の香具山」。これは『百人一首』の歌とは微妙に違っているね。「来にけらし」のところは、もともとは「来るらし（今来たらしい）」、「衣ほすてふ」のところは、もともとは「衣ほしたり（干してある）」だ。
『万葉集』のほうは二句切れ、四句切れで、直接的に見たままを詠んだ力強い表現だ。それに対して、『百人一首』のほうは伝聞表現に変化していてアタリがやわらかく、余情が感じられるようになっている。みんなはどちらが好きかな？

## 眼前に雄大に広がる〝天から降ってきた山〟

「春過ぎて 夏来にけらし」の「春」は陰暦で一、二、三月、「夏」は四、五、六月のこと。今の季節感とは少しずれるから注意が必要だ。「白妙の」は「衣、袖、袂《たもと》、雪、雲」などの白いものにかかる枕詞で、同時に「白い布の」の意味も含んでいる。「てふ」は「といふ」が縮まったもの。この「けらし」や「てふ」という音の響きが余情を奏でている要因の一つにもなっている。

歌意は単純明快で、「いつの間にか春が過ぎて夏が来たらしい、白妙の衣を干すという天の香具山に」というものだが、「天の香具山」は大和三山（香具山《かぐやま》、畝傍山《うねびやま》、耳成山《みみなしやま》）の一つで、神話によると、天から降ってきた山だと言われている。そう知ると、歌の情景がより雄大に眼前にパッと広がるような気がしないかな？

# あしびきの　山鳥《やまどり》の尾《を》の　しだり尾《を》の　ながながし夜《よ》を　ひとりかもねむ

訳：山鳥の長く垂れ下がっている尾のように、いつまでも明けない秋の夜長を、恋する人と離れてただ一人寂しく寝るしかないのだろうか。

第3番　柿本人麿《かきのもとのひとまろ》（660?－720?年）

柿本人麿は、日本に現存する最古の歌集『万葉集』を代表する歌人で、その作品は四百五十首以上残されている。生まれや人物の詳細は明らかでないけれど、天武《てんむ》・持統《じとう》・文武《もんむ》天皇《てんのう》に仕えた宮廷歌人だったと言われている。

この「宮廷歌人」とは、天皇の行幸《みゆき》や宮廷行事の際に、讃歌《さんか》や挽歌《ばんか》（死を悼む歌）など、その場に適した歌を捧げる役目。人麿はその第一人者で、のちに「歌聖《かせい》」と呼ばれ、神様のように崇められたんだ。

さらに、かの有名な「いろは歌」の作者は人麿だという説がある。というのは、左のように七文字ごとに区切って書き、その最後の文字を読むと「とかなくてしす（咎無くて死す）」となるのだ。

いろはにほへと　ちりぬるをわか　よたれそつねな　らむうゐのおく
やまけふこえて　あさきゆめみし　ゑひもせす

さらに、同じく五文字目を続けて読むと「ほをつのこめ（本を津の小女）」となり、それらをつなげてみると、「私は無実の罪で殺される。この本を津の妻へ届けてくれ」と解釈できる。これは柿本人麿の暗号ではないか⁉と言われているものだが、いずれにせよ、すべての仮名を重複させずに七五調で仕上げたこの歌は、天才的才能の持ち主によって作られたことは間違いなさそうだ。

## 独創的な枕詞を次々、生み出す〝天才コピーライター〟

「あしびきの」の歌は、実は柿本人麿の歌ではないかもしれない。というのも、この和歌が収められている『万葉集』には、「詠み人しらず」と記されているんだ。それが何かの拍子で人麿作ということになって、ボクも当時はそれを信じてしまっていた。

人麿作ではないかもしれない「あしびきの」の歌だが、実によくできている。「あしびきの」は「山（鳥）」にかかる枕詞。彼はこの「枕詞」の名手で、彼の独創によると見られる枕詞は数十個にもおよぶという。今で言うなら天才コピーライターだ。

「あしびきの」の枕詞で導き出される「山鳥」は、キジに似た野鳥で、尾羽が長く、夜の間は雌雄が峰を隔てて寝ると言われていた。「しだり尾」は長く垂れ下がった尾。「あしびきの 山鳥の尾の しだり尾の」は序詞で、次の「ながながし」を導き出している。「ながながし」は「長し」を強調した言い方。

上の句はすべて序詞なので、この歌の意味は下の句の「長〜い夜を一人で寝なきゃいけないのかなぁ」ということに尽きている。

それが「あしびきの 山鳥の尾の しだり尾の」と上の句だけで「の」を四回も繰り返して言葉をつなげることで、山鳥の尾の長さと、そこに込められた一人で寝る寂しい夜の長さがリンクして、じわじわと歌い手の感情が伝わってくる。人麿作じゃないとしても、これは叙情歌としては大傑作だ。

# これやこの 行《ゆ》くも帰《かへ》るも 別《わか》れては 知《し》るも知《し》らぬも 逢坂《あふさか》の関《せき》

訳：これがまあ、東国に下る人も都へ上る人も、別れては会い、知り合い同士もそうでない人も、文字通りみんなが行き会う、あの逢坂の関なのだ。

第10番
蟬丸《せみまる》
（生没年不詳）

蟬丸は誰の子なのかも、いつの生まれなのかもわかっていない、謎めいた人物だ。『今昔物語集』には蟬丸の逸話が載っている。平安中期の公卿で、管弦の名手でもあった源 博雅《みなもとのひろまさ》が、逢坂の関近くに住む琵琶の達人・蟬丸の噂を聞きつける。なんとしても蟬丸の演奏を聴きたいと思い、逢坂の関に通い続けること三年。八月十五日の夜にようやく念願が叶い、蟬丸から秘曲「流泉《りゅうせん》」「啄木《たくぼく》」を伝授されるというお話だ。

逢坂の関は、鈴鹿《すずか》の関《せき》（伊勢国・三重県）と不破《ふわ》の関《せき》（美濃国・岐阜県）とともに「三関《さんかん》」と呼ばれた関所だ。近江国（滋賀県）と山城国（京都府）の境にあった。この関所を越えて東国へ下る人を見送ったり、東国から都に帰ってきた人を出迎えたりしたのだ。

「行くも⇕帰るも」「知るも⇕知らぬも」「別れては⇕逢」と対になる表現が三つも入った戯歌《ざれうた》とも言える歌だが、「別れては〜逢」という人生の無常を歌っているところが奥深いね。当時の人がこの歌に「会者定離《えしゃじょうり》（命あるものは必ず死に、出会ったものは必ず別れることになる）」の無常観を感じたのは、もっともなことだ。

## 琵琶の名手？　坊主？　謎に包まれた人物

百人一首のかるたの遊びで「坊主めくり」というものがあるね。ふせられた絵札の山から一枚ずつめくっていき、男性の絵札が出たら自分のものに、姫の絵札が出たらもう一枚引け、坊主の絵札が出たら手持ちの絵札はすべて没収、最終的に手持ちの絵札が多い人が勝ちというものだ。

この遊びでは、坊主はトランプのジョーカーのようなもの。蟬丸は正体不明だが、出家姿で絵札に描かれることが多いため、坊主扱いされることが多いようだね。また、蟬丸が出たら、残りの参加者は全員手持ちの絵札を没収というローカルルールもあるらしい。

謎めいた人物ではあるが、とにかく目立つ存在であることは間違いない。

第11番

# わたの原《はら》 八十島《やそしま》かけて 漕《こ》ぎ出《いで》ぬと
# 人《ひと》にはつげよ あまの釣舟《つりふね》

参議篁《さんぎたかむら》
（802－852年）

訳：はてしなく広がる大海原に、散在する多くの島々を目指して、私は舟を漕ぎ出していったと、都に残してきた恋しい人に告げてくれ、海人の釣舟よ。

参議篁こと小野篁《おののたかむら》は、漢詩の才能に優れていたことから嵯峨天皇《さがてんのう》に重用されたそうだ。ところが篁は、文化人の中では珍しく、思ったことをはっきり言ってしまう性格で、「野狂」という嬉しくないあだ名がつけられていた。

あるとき宮中に「無悪善」と書かれた札が立てられたことがあった。何のことやら、一種の暗号文になっていて読めない。そこで嵯峨天皇が指名したのは博覧強記の篁。そこで篁が読んだはいいけれど、書かれていた内容は、「さが（悪）なくてよからん」、つまり、「嵯峨天皇がいなければいいのに」というものだった。当然、嵯峨天皇は怒り心頭。こんなふざけた暗号文を書いたのは篁に違いない、と機嫌を損ねてしまった。

ただし、そこは天皇、威厳を保ちたいところ。「子」の字を十二並べた「子子子子子子子子子子子子」という文を読めと、難題をふっかけた。すると篁は「猫の子　子猫　獅子の子　子獅子」とこともなげに答えたそうな。

「子」という字は「ね」「こ」「し」「じ」の四通りの読み方があることから篁はこのように答えたんだ（途中に「の」が入っているのはご愛嬌）。すごいトンチ力だね！

## 流罪となって旅立つ舟の上で、力強く「別れ」を詠み上げる

篁は安倍仲麻呂《あべのなかまろ》（第7番）と同じく遣唐使に選ばれたんだけど、大使の藤原常嗣《ふじわらのつねつぐ》とケンカをしてしまい、怒った篁は乗船拒否！　結局、唐には渡らなかった。

これには嵯峨上皇《さがじょうこう》もお怒りで、篁は隠岐《おき》に流罪となる。「わたの原」の歌は、その隠岐に旅立つ際に詠んだものと伝わっている。

勅命に背き、流罪となって隠岐に旅立つ篁は孤独だっただろうね。隠岐の大海に浮かぶ小さな釣り舟を見て親近感を抱いたに違いない。でも、その舟に乗る漁師たちは自由であるのに対して、自分は罪人だ。だから「（都にいる）人には告げよ」と力強く呼びかけずにはいられなかったんだろうな。隠岐はボクの仕えた後鳥羽院《ごとばいん》が最後に流罪となって流された地なので、なんとなく他人事とは感じられないなぁ。

第15番

光孝天皇《こうこうてんのう》
（830－887年）

## 君《きみ》がため　春《はる》の野《の》に出《い》でて　若菜《わかな》つむ
## わが衣手《ころもで》に　雪《ゆき》は降《ふ》りつつ

訳：あなたに差し上げるために、春の野に出向いて若菜を摘んでいる私の袖に、春の雪がしきりに降りかかってくることよ。

光孝天皇は、第58代天皇にあたる方だ。幼い頃から賢明で、性格も穏和無欲、勉強熱心なお方だったが即位は遅く、55歳のときのことだった。しかも陽成天皇《ようぜいてんのう》の次帝として藤原基経《ふじわらのもとつね》に推されて即位したんだけど、政治の実権は関白となった基経が握っていた。これが藤原氏による摂関政治のスタートだ。光孝天皇は、即位してわずか四年で崩御されている。

このように光孝天皇は親王時代が長く、質素な生活の中、自ら炊事もされるという不遇の時代を送っていたそうだ。即位後も不遇だった頃を忘れないようにと、親王時

代に自炊をして黒い煤《すす》がこびりついた部屋をそのままにしておいたという逸話も残されている。苦労されたお方らしいエピソードだ。

## 高貴な人が、自ら若菜を摘んだ!?

「君がため」の和歌は、光孝天皇がまだ若かった頃に詠まれた歌だ。ご身分からすると自ら若菜を摘むなんてとても考えられないけど、ご自分で買い物や炊事をされていた苦労人だけに、もしかすると若いときは本当に、ご自分で若菜を摘んだのかもしれない。

この和歌は贈り物（若菜）に添えるために詠んだもので、当時の貴族は人に何かを贈るとき、和歌を添えて心を伝えようとしたんだ。

「若菜」っていうのは春の七草のこと。「せり、なずな、ごぎょう、はこべら、ほとけのざ、すずな、すずしろ」。一月七日に一年の無事を祈って七草を食べる習慣の原型は、この頃からあったみたいだね。

和歌自体はとってもわかりやすい。掛詞などの技法もなく、シンプルでクセのない詠みっぷりだ。光孝天皇ご自身が若菜を摘んだかどうかはさておき、大事な人への思いやりが、「春の野」「若菜」「衣手」「雪」などの、やわらかなイメージを含んだ言葉から伝わってくる。

それにしても高貴な人自らに「君がため」と若菜を摘んでいただいて、それを和歌つきで贈られる女性はなんて幸せ者なんだろう。しかも、暦の上では春とは言いつつも、旧暦一月はまだまだ寒く、実際に雪も降っている。

美しくたおやかな感じで歌ってはいるけれど、「わが衣手に雪は降りつつ」というところに、愛する人のためには少しくらいの寒さなど厭《いと》わない、静かに燃える恋心とでも言うべきものが感じられる。

ちなみに光孝天皇は幼少の頃から太皇太后《たいこうたいごう》橘《たちばなの》嘉智子《かちこ》（嵯峨天皇《さがてんのう》の后）という女性に可愛がられていた。この女性はものすごい美人だったらしく、幼い光孝天皇にとって永遠の理想の女性になった可能性がある。その意味では、橘嘉智子は光孝天皇にとって、あの光源氏にとっての藤壺《ふじつぼ》のような人だったのかもしれないね。

第24番

菅家《かんけ》
（845-903年）

# このたびは　幣《ぬさ》もとりあへず　手向山《たむけやま》
# 紅葉《もみぢ》の錦《にしき》　神《かみ》のまにまに

訳：今回の旅は急なことだったので、捧げ物の準備もできませんでした。そこでこの手向山で手向ける幣としましては、美しい紅葉の錦を御心のままにお受け取りください。

菅家こと菅原道真《すがわらのみちざね》は、平安時代を代表する大学者にして政治家、漢学者。誰もが知る人物だよね。道真は宇多天皇《うだてんのう》に気に入られ、醍醐天皇《だいごてんのう》のときには右大臣に就任したんだ。ところがライバル藤原時平《ふじわらのときひら》にその存在を妬まれ、陰謀を企てられてしまう。結果、大宰権帥《だざいのごんのそち》に左遷され、そのまま大宰府で亡くなった。

そしてご存じのように、道真の話はここで終わらず、彼を陥れた時平やその周囲に次々と不幸が起こり、世間は道真のたたりだと大騒ぎ。そこで道真を神様として祀り、なんとか災いを食い止めようとしたのだ。学者として有能だったことから「学問の神様」としても有名で、今も太宰府天満宮を訪れる受験生は多いみたいだね。

## 太宰府天満宮の「飛梅伝説」とは？

さて、左遷された道真、都を去る前に屋敷に植えてあった梅の木との別れを惜しんで、「東風《こち》吹かば　匂ひをこせよ　梅の花　あるじなしとて　春な忘れそ（＝もし東風が吹いたら、お前のかぐわしい香りを九州にいる私のもとまで寄越してくれ、梅の花よ。主人がいないからといって、春であることを忘れるなよ）」という歌を残した。

するとその梅が道真を追いかけて、ひと晩のうちに都の屋敷から大宰府にまで飛んでいったという飛梅伝説がある。その「飛梅」は今でも太宰府天満宮の神木として植えられているんだ。

## 美しい紅葉を、「神への捧げ物」に見立てる

「このたびは」の歌は、宇多上皇《うだじようこう》の御幸《ごこう》にお供したときに詠んだもの。まだ悲劇の起こる前なので、怨霊などを連想させる雰囲気はもちろんなし。宇多上皇が道真や素性《そせい》法師《ほうし》（第21番）など大勢の臣下を引き連れて奈良の吉野を訪れたのだ。季節は十月。紅葉がきれいな季節だ。それはそれは盛大な御幸だったようだ。

「このたび」の「たび」は「度」と「旅」の掛詞。「幣」は神への捧げ物のこと。「と

りあへず」は「十分に用意ができない」という意味。「手向」は「幣」の縁語。「紅葉の錦」は紅葉の美しさを錦の織物に見立てたもので、当時の常套語《じょうとう》。「神のまにまに」は「神の御心のままに」。「まにまに」は、成り行きに任せるの意もある。

　当然用意すべき神への捧げ物を準備もせずやってくるなんて、神をも畏《おそ》れぬ態度と言われればそれまでなんだけど、どこか憎めないのはどうしてなのかな。

「紅葉の錦をどーぞ」と言われて、「はい、ありがとう」と受け取る神様などいない気もするのだけれど、歌全体に流れている何かユーモラスでのんびりした感じと、道真の人柄を表わすようなおおらかさが、そのすべてを許容しているね。

　二句の「幣もとりあへず」が字余りな上に、どこにも続かない句切れであり、また三句の「手向山」も独立語でポツンと切れている。いかにも、急いでやってきました、すみません、という感じ。そして最後は「どうぞ神の御心のままに」というのだから、神様も怒りようがない。ある意味、超一流のボケっぷりと言えるね。

第26番
貞信公《ていしんこう》
（880-949年）

# 小倉山《をぐらやま》　峰《みね》のもみぢ葉《ば》　心《こころ》あらば
# 今《いま》ひとたびの　みゆき待《ま》たなむ

訳：小倉山の峰の紅葉よ、もしお前に心があるならば、もう一度天皇の御幸《みゆき》があるはずだから、それまで散らないで待っていてほしい。

貞信公こと藤原忠平《ふじわらのただひら》は、藤原基経《ふじわらのもとつね》の四男。基経といえば、日本史上初の関白に就任した人であり、また陽成天皇《ようぜいてんのう》（第13番）を強制的に廃し、光孝天皇《こうこうてんのう》を立てた人物だ（148ページ参照）。その息子である忠平は、摂政、関白、太政大臣をつとめ、藤原氏が栄える礎を築いた人といえる。まさにエリート一家だ。

ただし、彼の兄の時平はライバルの菅原道真《すがわらのみちざね》（第24番）を大宰府に左遷したものの、怨霊となった道真のたたりのために39歳で若死にしたと言われた人。時平は激しい気性の持ち主だったけど、忠平は寛大な性格で、まわりからの人望も厚かったようだ。

兄・時平が対立した菅原道真とも、手紙を送るなど親交を持っていたと言われている。ちなみに「貞信公」というのは、死後、生前の事績への評価に基づいて贈られる「諡《おくりな》」、あるいは「諡号《しごう》」と呼ばれるものだ。

## 紅葉に「散らずに待っていてほしい」

「小倉山」の歌は、宇多上皇《うだじょうこう》が大堰川《おおいがわ》に御幸されたときに、小倉山の紅葉があまりに美しかったので、宇多上皇が「自分だけが見るのは惜しいから、醍醐天皇《だいごてんのう》も御幸すればいいのに」とおっしゃったのを聞いて、忠平が宇多上皇に代わって醍醐天皇に御幸を勧めるために詠んだものだ。

醍醐天皇は宇多上皇の子で、忠平にとっても遠縁ながら親戚にあたり、肉親的な感情のつながりが歌の前提にある。お父様と私が見ているこの美しい景色を、ぜひ見にいらしてくださいと呼びかけているわけだ。

忠平は、宇多上皇の気持ちを単にストレートに伝えるのではなく、小倉山の紅葉に対して「待たなむ（散らずに待っていてほしい）」と歌いかけ、遠まわしに醍醐天皇に「紅葉が美しい間に、ぜひ小倉山に御幸なさってください」と伝えているんだ。こうした婉曲表現には、二人に対する忠平のきめ細やかな配慮が感じられるね。

第36番

清原深養父《きよはらのふかやぶ》
（生没年不詳）

# 夏《なつ》の夜《よ》は　まだ宵《よひ》ながら　明《あ》けぬるを　雲《くも》のいづこに　月宿《つきやど》るらむ

訳：夏の短い夜は、まだ宵のうちだと思っていたら明けてしまった。月は今頃、雲のどのあたりに宿をとっているのだろうか。

清原深養父は、『枕草子』を書いたことで有名な清少納言《せいしょうなごん》のひいおじいちゃん。

この歌は『古今和歌集』に載っていたもので、「月のおもしろかりける夜、あかつきがたによめる」とある。「あかつき」は午前三時ごろ。「宵」は日没からしばらくした時間帯で、夏だと夜七時から九時くらい。「まだ宵ながら（まだ宵のうちに）」夜が明けてしまうなんてことは現実的にはもちろんありえないんだけど、そう錯覚してしまうくらい夏の夜は短い、ってこと。

そして、「これでは月がのぼって沈む間もないぐらいだ」ということを「雲のいずこに月宿るらむ（＝今頃、雲のどのあたりに月は宿をとっているのだろうか）」と冗談めかして歌っているわけだ。

この「月宿るらむ」のところは、月を人間になぞらえる擬人法を使っているね。まるで、太陽と月の追いかけっこの果てに、逃げ遅れた月が隠れんぼしてしまったと言わんばかりの内容になっている。

## ひ孫の清少納言も〝夏の月〟が大好き！

ひ孫にあたる清少納言が『枕草子』の初段でこんなことを書いている。「夏はよる。月の頃はさらなり（＝夏は夜が趣深い。月が明るい頃〈満月の頃〉は言うまでもなく素晴らしいわ）」。月と言えば秋の夜長に愛でるのが一般的。そこをあえてこう書いているのは、清少納言はひいおじいちゃんのこの歌を意識していたのかもしれないね。

ちなみに清少納言は続けてこう書いている。「やみもなほ、ほたるの多く飛びちがひたる。また、ただひとつふたつなど、ほのかにうちひかりて行くもをかし（＝闇の頃〈新月の頃〉であっても、蛍がたくさん飛び違っている光景が趣深い。また、蛍がただ一匹二匹と、ほのかに光って飛んでいくのも趣深い）」。

ひいおじいちゃんの意見にプラスして、夏でも月のない夜には、蛍の光を愛でている。それにしても当時の貴族は宵っ張りだね‼

第40番

# 忍《しの》ぶれど　色《いろ》に出《い》でにけり　わが恋《こひ》は　ものや思《おも》ふと　人《ひと》の問《と》ふまで

平《たいらのかねもり》　兼盛

（生年不詳－990年）

訳：誰にも知られないように包み隠してきたのだけれど、ついに顔に出てしまったようだ、私の恋心は。「あなたは何か物思いをしているのですか」と人が尋ねるほどに。

平兼盛は平安時代中期の歌人で、三十六歌仙に選ばれる実力の持ち主。また、中宮《ちゅうぐう》彰子《しょうし》の女房である赤染衛門《あかぞめえもん》（第59番）が、実は兼盛の娘であるという説もある。

兼盛の離婚した元妻が、赤染時用《あかぞめときもち》という男と再婚して赤染衛門が生まれたんだけど、実は離婚前に妻が身ごもっていたので、兼盛は親権を主張して裁判を起こした。結局、兼盛の主張は認められなかったんだけど、赤染衛門の歌人としての才能を考えると、彼女は兼盛の血を受け継ぐ娘と考えるのが自然な気がするのはボクだけかな。

## 甲乙つけがたい歌合の決着は――？

兼盛と言えば、壬生忠見《みぶのただみ》（第41番）との歌合《うたあわせ》のエピソードが決まって語られるんだよね。だからボク（定家）もこの『百人一首』で、そのときの二人の歌を並べてみた。

その有名なエピソードとは、村上天皇《むらかみてんのう》の内裏《だいり》歌合で壬生忠見と競ったときの話。

二人の歌が詠《えい》じられ、いよいよ判定が下るというとき、判者の藤原実頼《ふじわらのさねより》は甲乙つけがたい二つの歌を前に、判定がつけられなかった。そこで村上天皇に判断をゆだねたんだ。

すると天皇が小さい声で「忍ぶれど……」と兼盛の歌を口ずさんだために、兼盛が勝者となり、壬生忠見は敗れたショックでやがて死んでしまったという話だ。

あなたはこの二人の歌を比べてみて、どちらが優れていると判定するかな？

## 隠そうとしても〝色に出て〟しまう恋心

「忍ぶれど」の歌は、『百人一首』でもボクが好んで多く撰んだ「忍ぶ恋」をテーマに詠まれたものだ。

誰にも知られないようにひそかに抱き始めた恋心が、どんどん膨らんできて、どうにも隠しようがなくなり、ついに人に知られてしまう……そんな恋愛経験をしたことのある人も多いのではないかな？　純情かつ究極の片思いを詠んだこの歌ではあるけど、歌の技巧という点でも、なかなか見事なものがある。

「忍ぶれど」は、包み隠しているけれど、の意。隠していたのは、「わが恋」だ。「色」は顔色のこと。「出でにけり」の「けり」は、ここでは「顔に出ちゃったなぁ」と詠嘆している感じで、二句切れ。歯切れのよい切れ方だね。

「ものや思ふ」は恋に悩むことで、ここでは人が尋ねてきた会話の中身。「あなたは何か物思いをしているのですか」という感じだ。

お見事なテクニック、歌合で競い勝ったのもうなずけるところだ。エピソードもそうだけど、語り継がれる名歌だけのことはあるね。

第41番

# 恋《こひ》すてふ　わが名《な》はまだき　立《た》ちにけり　人知《ひとし》れずこそ　思《おも》ひそめしか

壬生忠見《みぶのただみ》（生没年不詳）

訳：恋をしているという私の浮き名が、早くも世間に広まってしまった。誰にも知られないように、ひそかに心のうちだけで思い始めたばかりなのに。

壬生忠見は壬生忠岑《みぶのただみね》（第30番）の子。父と同じく官位にはそれほど恵まれなかったが、歌人としては優秀で三十六歌仙にも選ばれている。

この「恋すてふ」の歌は、忠見の一つ前に選んだ平兼盛《たいらのかねもり》（第40番）の「忍ぶれど」の歌と因縁がある。その因縁というのは、天徳《てんとく》四（九六〇）年に行なわれた村上天皇《むらかみてんのう》の内裏歌合にて二人の歌が最後の一番で戦ったのだ。

兼盛の歌に敗れた忠見は、あまりのショックで食事がのどを通らなくなり、ついには死んでしまったという。実際にはこれは作り話らしいが、それくらい忠見が悔しがったであろうことは想像がつく。忠見は官人としては地方の役人であり、歌合にも田舎者めいた衣装で現われたようだし、まさに一世一代の晴れ舞台に挑む気構えだったはず。当然、この歌にかける意気込みも、人一倍強かったんじゃないかな。

## 〝忍ぶ恋〟を隠し通すことの難しさ

「恋すてふ」は「恋をしているという」の意味。「わが名」の「名」はいわゆる「浮き名」のこと。「まだき」は「早くも」。「立ちにけり」の「立つ」は噂が立つこと。「けり」で溜め息をもらすような詠嘆調になっている。「人知れず」は「誰にも知られないように」。「思ひそめしか」は「思い始めたばかりなのに」。

上の句と下の句は、おもしろい倒置法になっている。「まだ恋は成就していないのに、もう浮き名だけが先に世に流れてしまったのか」という驚きを勢いよく歌う上の句に対して、倒置された下の句では、「誰にも知られないように、ひそかに心のうちだけで思い始めたばかりなのに……」と、恋心を隠し通すことの難しさを、つぶやくようにかみしめている。倒置法が効いて、しみじみとした余韻が漂っているね。

第47番

恵慶法師《えぎょうほうし》
（生没年不詳）

# 八重葎《やへむぐら》　しげれる宿《やど》の　さびしきに　人《ひと》こそ見《み》えね　秋《あき》は来《き》にけり

訳：幾重にも重なってむぐら（つる性の雑草）が生い茂っているこの寂しい宿に、人は誰も訪ねてこないけれど、秋だけはやってきたのだなあ。

恵慶法師は十世紀後半の人で、清原元輔《きよはらのもとすけ》（第42番）や平兼盛《たいらのかねもり》（第40番）と交流があったようだ。播磨《はりま》の国の講師《こうじ》（国分寺の高僧）だったとか。

「八重葎」の歌は、詞書《ことばがき》によると、河原院《かわらのいん》で人が集ったときに、「荒れた宿に秋が来た」というお題で詠んだ歌とされている。河原院と言えば河原左大臣こと源　融《みなもとのとおる》（第14番）が造った豪華な別荘。奥州の塩釜の海岸風景を庭園にそっくりそのまま移したのはかれこれ百年ほど前のこと。源融の死後は宇多上皇《うだじょうこう》が住んだこともあったが、恵慶法師の頃にはすっかり荒廃して寂しい庭園となっていた。

## 秋の訪れは、どこにも等しくやってくる

なんと言ってもこの歌の上手いところは、「人」と「秋」を対照的にしたところだ。「人こそ見えね（＝人は誰も訪ねてこないけれど）」と言いつつ、「秋は来にけり（＝秋だけはやってきたのだなあ）」と詠嘆しているところに、対照の妙がある。

結句まで句切れがないので、一気に詠み上げている感はあるものの、雑なところはなく、自然な詠みっぷりが上品さを漂わせているね。

今や、かつての豪勢さの見る影もなく荒廃し、雑草がはびこるまでになってしまった広大な河原院。そこには「侘《わ》び・さび」に通じる閑寂な空気が流れていたに違いない。風雅を好む歌人たちは時折そこを訪れていたかもしれないが、それとて院の静謐《せいひつ》さを乱すものではなく、人の気配はほとんど感じられない。

しかし、そんな寂しい「八重葎しげれる宿」にも秋は訪れるのだなあという感慨は、大きな自然の摂理に従わざるを得ない人間の小さな存在を感じさせる。

当時からこの歌は評価が高くて、恵慶法師の代表作として後世に伝えられているんだ。

第75番

契《ちぎ》りおきし　させもが露《つゆ》を　命《いのち》にて
あはれ今年《ことし》の　秋《あき》もいぬめり

藤原《ふじわらの》基俊《もととし》
（1060－1142年）

訳：約束してくださった、させも草の恵みの露のようなあなたの言葉を頼みにして生きてきたのに、ああ、今年の秋も虚しく過ぎ去っていくようです。

藤原基俊は平安時代後期に活躍した歌人。右大臣俊家《うだいじんとしいえ》の子で、道長《みちなが》のひ孫だ。こんな名門の出身なのに、官人としてはそれほど出世できず、従五位下左衛門佐《じゅごいげさえもんのすけ》にとどまったというかわいそうな人物なんだ。

「契りおきし」の歌は、まぁいわゆる「親バカ」な歌。基俊の子の光覚《こうかく》は興福寺《こうふくじ》の僧侶だったんだ。興福寺は藤原氏の氏寺で、この寺で毎年秋に「維摩会《ゆいまえ》」という重要な法会《ほうえ》が開かれていた。法会の中で維摩経を講義する講師《こうじ》は、後に宮中の「最勝会《さいしょうえ》」の講師になることになっていたから、まさに出世を約束されたコースと言える。

そこで基俊は、時の権力者、藤原忠通《ふじわらのただみち》（第76番）に「わが息子を講師に！」とお願いしていた。ところが忠通もなかなか意地悪な人で、何度もこの約束をすっぽかしたそうだ。そうしてついに絶望した基俊が、忠通に恨み言としてこの歌を贈ったというわけだ。平安時代にも親バカがいたんだね。

## 子を持つ親の苦悩は絶えない……

「契りおきし」は「約束しておいた」の意味。「させも」は「させも草」といって、ヨモギのこと。これは、忠通が以前、「なほ頼め　しめじが原の　させも草　我が世の中に　あらむ限りは（＝しめじが原のさせも草よ、私がこの世にいるうちは頼りにしていいぞ）」という古歌を引用して、調子のいいことを言ったのを踏まえているんだ。

ここでの「露」は「恵みの露」、つまり藤原忠通が基俊の頼みに応じて光覚の講師就任を確約してくれたことの尊さを表わしている。「命にて」は「頼みにして」。

「あはれ」は「あぁ」と思わず嘆きの声が口からこぼれた、感情のこもったひと言だ。基俊としては、一日一日深まってゆく秋を実感しながら、「ああ、もう講師が決定するはずの季節が過ぎ去ってしまうようだ」と落胆しているんだね。この年は講師になれなかった光覚、その後、なれたのかなぁ……。

第76番

## わたの原《はら》　漕《こ》ぎ出《い》でて見《み》れば　久方《ひさかた》の
## 雲居《くもゐ》にまがふ　沖《おき》つ白浪《しらなみ》

法性寺《ほっしょうじ》入道《にゅうどう》前《さきの》関白《かんぱく》太政《だいじょう》大臣《だいじん》
（1097－1164年）

訳：はてしなく広がる海上に舟を漕ぎ出してはるか彼方を眺めると、空に立つ雲と見間違えるばかりの沖の白波であることよ。

法性寺入道前関白太政大臣とは、平安時代後期から末期の公卿、藤原忠通《ふじわらのただみち》のこと。法性寺に入って出家したことからこの名で呼ばれている。忠通は25歳で関白になった後、出家するまでの間に摂政・関白を三回ずつ、太政大臣を二回も歴任した超エリート政治家だ。

忠通の歌人としての評価として、『今鏡』では「柿本人麿《かきのもとのひとまろ》にも恥じないのではないか、と人々が申し上げている」とあり、また漢詩にも優れた才能を発揮している。エリートな上に文才もあったなんてうらやましい限りだ。

## 〝政治家としての余裕〟が歌にも表われている

「わたの原」の歌は崇徳院《すとくいん》（第77番）の在位中に、「海上遠望」という題詠（あらかじめ決められた題によって詩歌を作ること）で詠んだものだ。「久方の」や「沖つ白浪」といった言葉が、はるか遠くの大海原をイメージさせて、その壮大な光景が眼に浮かぶようだ。

実際に見た風景ではなく、想像で詠んでいるのだから、忠通の人間としてのスケールの大きさ、政治家として勝ち組にいる余裕が、この歌を詠ませた気がするなぁ。

このとき、忠通は38歳。その二十年後に、この歌を詠ませた崇徳院《すとくいん》（第77番）と対立し、保元の乱を起こした院が讃岐《さぬき》に流されることになるとは、誰も予想だにしなかっただろう。

ここでちょっとしたトリビアを教えておくと、『百人一首』を撰ぶとき、ボクはちょっと意地悪したくなって、忠通の歌の前後には藤原基俊《ふじわらのもととし》（第75番）と崇徳院を撰んでおいたんだ。藤原基俊は彼に裏切られたこと（前項参照）を恨んでいたし、崇徳院は讃岐に流されたのちに怨霊になったとも言われているから、間に挟まれた忠通は、あの世で二人の怨念を受けてかなり苦しんでいるんじゃないかな。こうした『百人一首』の順番の妙も味わってくれたら嬉しいいね。

# 5章

# 恋を失ったとき……涙とともに味わう歌

一度は固く結ばれた仲も、時の移ろいとともに終わりを迎える日が来る。あんなに愛し合った日々が懐かしく思い出され、涙で袖が濡れる……そんな切なく苦しいときでさえも、ボクたち歌人は、歌を詠むことで心を慰めていたんだ。本章で紹介する歌の数々を読めば、あなたもきっと共感するところがあるはずだよ。

第42番

契《ちぎ》りきな　かたみに袖《そで》を　しぼりつつ
末《すゑ》の松山《まつやま》　浪《なみ》こさじとは

清原元輔《きよはらのもとすけ》
（908-990年）

訳：二人は固く約束しましたよね。お互いに涙で濡れた袖を絞りながら、あの末の松山を波が決して越すはずがないように、どんなことがあっても二人の愛は変わらないようにしましょうと。

清原元輔は、清少納言《せいしょうなごん》の父親だ。娘が有名なので、どうしても「あの清少納言のお父さん」と言われがちだけど、元輔自身もかなりの歌人だった。村上天皇《むらかみてんのう》の時代に和歌所の寄人《よりうど》となり、源　順《みなもとのしたごう》や大中臣能宣《おおなかとみのよしのぶ》たちと「梨壺《なしつぼ》の五人」と呼ばれ、『万葉集』の訓読や『後撰和歌集《ごせんわかしゅう》』の撰定に当たった。勅撰和歌集の撰者になるって、歌人としてはとっても名誉ですごいことなんだ。

娘の清少納言も、元輔を尊敬していたようで、「お父さんの名を汚しちゃうかもしれないから歌は詠まないわ」なんて言っていたそうだ（実は、清少納言はあまり歌が上手くない、というのがホントのところなんだけど……)。ボクもそうだけど偉大な父を持っちゃうと、子はなかなか大変なんだよね。

ただ、その尊敬すべきお父さん、清原元輔はなかなかひょうきんな人柄だったことが伝わっている。元輔が賀茂祭《かものまつり》の奉幣使《ほうへいし》をつとめていたとき、思いがけず落馬してしまった。実は元輔は禿頭であったため、落馬の衝撃で冠が滑り落ちたのを見物人に大笑いされてしまったんだ。ところが、元輔は落ちた冠をかぶろうともせず、物見車の一台一台に長々と弁解し、へ理屈を述べて歩いたというんだ。その様子を見て、見物人がよけいおもしろがったのは言うまでもないね。

## あんなにも固く約束したのに……と責め立てる!

「契りきな」の歌は、心変わりした女性に対する男性の恨み節だが、実は代作。つまり誰かに依頼されて、その人に代わって詠んだものなんだ。

『古今和歌集』に載っている「君をおきて　あだし心を　わが持たば　末の松山　波も越えなむ(=あなたを差し置いて、私が他の人を想う心を持つようなことがあれば、あの末の松山を波だって越えてしまうでしょう。そんなことはありえません)」を本歌にとり、その意を裏返す形で、かなりの皮肉を込めて詠んでいる。

「契り」は約束すること。「契りきな」という初句において、「君とは絶対に約束したよね！！！」と、相手の女性に二人でかつて約束したという事実を、きつ〜く確認させている。こうすることで、二句以降で契った内容を示して、相手の女性をなじる効果を倍増させているのだ。

「かたみに袖を　しぼりつつ」と、かつて二人が真に深く愛しあい、互いを想って袖が濡れるほど涙した日があったことを思い出させる。「末の松山」は宮城県多賀城市の海岸近くの山の名前で歌枕。そして「浪こさじとは」の結句に、末の松山を波が越えることがあるはずはないように、あなたが浮気な心を持つようなことは絶対にないはずだったのに……と相手への強い非難を込める。自分を裏切った女性に最後に贈る歌としては、なかなか強烈だよね。

代作とはいえ名歌と言えるもので、女性を責めたくなる男性の立場に立って、見事に詠み切っている。元輔にも実は同じような経験があったのではないかと疑ってしまうくらいの出来だね。

第44番

中納言朝忠《ちゅうなごんあさただ》
（910‐966年）

逢《あ》ふことの　絶《た》えてしなくは　なかなかに
人《ひと》をも身《み》をも　恨《うら》みざらまし

訳：もし、あなたと逢うことがなかったら、あなたの無情やわが身のつらさを恨んだりすることもないだろうに。

中納言朝忠こと藤原朝忠《ふじわらのあさただ》は三条右大臣藤原定方《さんじょうのうだいじんふじわらのさだかた》（第25番）の子。中納言にまで出世し、歌は三十六歌仙に選ばれる腕前で、漢学の才もあり、しかも笙《しょう》という笛の名手。となると、当然、女性にモテる。事実、朝忠はなかなかのプレイボーイだったようで、多くの宮廷女性と浮いた噂を残している。

「逢ふことの」の歌は、「天徳内裏歌合《てんとくだいりうたあわせ》」で詠まれたもの。朝忠はこの歌合で、六番中五勝するという大活躍をしたそうだ。この歌は、「いまだ逢はざる恋（まだ逢ったことのない相手への恋）」として『拾遺和歌集《しゅういわかしゅう》』に載っていたものだけど、ボクはちょっと違う解釈をしていて、「逢ひて逢はざる恋（何度か逢ってはいるが、今は逢えない恋）」というふうに見ているんだ。

「いまだ逢はざる恋」としてこの歌を解釈すると、「あの人を知ることさえなければ、あの人のつれなさや、自分のふがいなさを恨んだりすることもなかっただろうに」となる。これだと男が一方的に片思いしている段階での恨み節ということになるんだけど、ちょっと不自然じゃないかなと思うんだ。ここは、すでに深い関係になっていて、その想いが激しさを増したからこその恨み節と解釈したいところだ。

## 51歳で詠んだ「老いらくの恋」の嘆き!?

そもそも「逢ふ」は男女が逢う、つまり夜をともにすること。ただ単に会うだけじゃなくて、男女の契りを結ぶことだ。だから、現実にはすでに「逢」って、深い仲になったことを前提とするべきだ。

するとこの歌は、「あの人と逢瀬を重ねることができなかったなら、それからの彼女の冷たさや、自分の運命を恨むような物思いの種が生まれることもなかったはずなのに」という、より厚みと湿り気のある〝大人の恋〟の嘆きとして読める。

このとき、朝忠は51歳。まだまだ恋愛に対しては現役だったんじゃないかな。

第45番

謙徳公《けんとくこう》（924－972年）

# 哀《あは》れとも　いふべき人《ひと》は　おもほえで
# 身《み》のいたづらに　なりぬべきかな

訳：私のことをかわいそうだと言って同情してくれそうな人は誰も思いつかないで、私は恋焦がれて死んでしまうでしょうよ。

謙徳公こと藤原伊尹《ふじわらのこれまさ》は、貞信公《ていしんこう》（第26番）の孫にあたり、藤原義孝《ふじわらのよしたか》（第50番）の父だ。謙徳公というのは諡《おくりな》（死後、その徳をたたえて贈る名前）。花山天皇《かざんてんのう》の外祖父として順調に出世をして、太政大臣まで上りつめたんだけど、病気にかかって早世してしまった。息子二人（うち一人は義孝）も早世しており、薄幸な家系だ。

性格は〝お金持ちのお坊ちゃん〟な部分があったらしく、父・師輔《もろすけ》が節約家だったのに対し彼は派手好きで、寝殿の壁をすべて超高価な陸奥《むつ》紙で貼り替えたなんて話が残っている。

和歌が得意で、和歌所の別当（長官）になっている。いわゆる「梨壺の五人」の主宰者で、当代を代表する歌人でもあったんだ。

## 女々しく〝失恋のムード〟に酔いしれる男

政治家としてエリートだった伊尹だが、「哀れとも」の歌は、なぜか女々しい詠みっぷりだ。出典の『拾遺和歌集』の詞書《ことばがき》では、「ねんごろにしていた女性がいつしか冷たくなって、まったく自分を顧みようとしなくなった状況で詠まれた歌」と書いてあるので、要するに振られた男の失恋ソングだね。

伊尹本人が女々しい性格だったかどうかは別として、伊尹の歌のように孤独とか、嘆き哀しみを歌ってそのムードに酔いしれるのは、平安時代の歌の特徴でもあるんだ。

とは言え、「満たされぬ恋の悩みで死ぬとしても、愛するあなたが側にいてくれたなら、きっと哀しんでくれたに違いない。でも、あなたが心変わりしてしまった今となっては、孤独のうちに死んでいく自分に同情してくれる人は誰もいない」という恨み節は、当時女性が歌うのが普通で、男性が歌うのは珍しいことだった。

それにしても、時の権力者ともあろう人物にしては、実に弱々しい歌いぶりでおもしろいよね。「失恋した私を誰もかわいそうだと言ってくれない。だから私は孤独に死んでしまう」って言われても、ねぇ……。

第48番

源《みなもとの》重之《しげゆき》
（生年不詳－1000？年）

風《かぜ》をいたみ　岩《いは》うつ浪《なみ》の　おのれのみ
くだけてものを　思《おも》ふ頃《ころ》かな

訳：風が激しいので、岩にぶつかる波が砕けるように、私だけが千々に思い乱れて恋の物思いをするこの頃だなあ。

源重之は清和《せいわ》天皇《てんのう》のひ孫。冷泉天皇《れいぜいてんのう》が皇太子だった頃に帯刀先生《たちはきせんじょう》（東宮警備の長）をつとめたが、その後は官職に恵まれず、各地の国司を歴任したのち、藤原実方《ふじわらのさねかた》に随行して陸奥（今の東北地方）に下り、同地で没した。

この歌は冷泉天皇に奉った「百首歌」の中の一首だ。百首歌とは、百首の歌を集めたもの。一人が百首詠む場合もあるし、数人で合計百首を詠む場合もある。もちろんこの『百人一首』のように、百人が一首ずつ詠んだものもある。

源重之の家集『重之集』に見える「重之百首」には、官職に恵まれず、諸国を旅した彼らしく、旅の歌や不遇を嘆く歌がたくさん詠まれている。

## 片思いのつらさは、岩に砕かれる想い

「風をいたみ」は「風が激しいので」の意味。「風をいたみ 岩うつ浪の」は「くだけ」を導き出す序詞だ。

「風をいたみ 岩打つ浪の おのれのみ」という描写は、非常に写実的で、しぶきを上げて波が砕け散る様子が、音まで聞こえてきそうなくらいリアルに詠まれている。「くだけ」には波が砕ける様子と、自分の心が砕ける様子が掛けられているんだね。

この歌では、何にも動じない硬く無情な岩に相手の女性を、岩に当たって砕け散る波に片思いの自分をたとえている。「くだけてものを 思ふ頃かな」は、恋の悩みを表現するフレーズとしてこの時代の歌人たちに人気で、よく使われていたものなんだ。

重之の歌は序詞を上手く取り入れることで、報われない恋のつらさや哀しさが、視覚的にも伝わってくる仕上がりになっている。それにしても一向に振り向いてくれない女性に対して、ちぢにくだけ散る男心の哀れさよ……。

## 不遇のうちに生きた重之の人生を反映している⁉

実はこの歌、伊勢《いせ》（第19番）の『伊勢集《いせしゅう》』に「風吹けば 岩打つ波の おのれの

み　砕けてものを　思ふころかな」というのがあり、その本歌取りではないかと噂されている。確かに本歌取りというより、そっくりだな……。
でも重之の名誉のために言っておくと、『伊勢集』のほうに伝写の過程で、後から重之の歌が紛れ込んだものらしい。
当時の九州から東北までを旅した重之は、想像を絶する人生を送ったに違いない。この歌は、女性を想って心砕ける男性の気持ちを歌い上げたものだけど、解釈のしようによっては、官職に恵まれなかった重之自身の人生が投影されているようにも思える。
「なぜ、自分だけがこんなに砕け散るような人生を過ごさなければならないんだろう」という心の叫びが聞こえてくるようだ。

第53番

嘆《なげ》きつつ　独《ひと》りぬる夜《よ》の　明《あ》くるまは
いかに久《ひさ》しき　ものとかは知《し》る

右大将　道綱母《うだいしょうみちつなのはは》
（935？－995年）

訳：あなたがおいでにならないことを嘆きながら、一人で寝る夜が明けるまでの間が、どれほど長い長いものか、あなたにおわかりでしょうか、いえおわかりではないでしょう。

右大将道綱母は、関白藤原兼家《かんぱくふじわらのかねいえ》の妻となり、道綱を生んだ。兼家といえば、息子が栄華の頂点を極めたあの道長《みちなが》（道綱の異母兄弟）であり、藤原氏《ふじわらし》の摂関政治の全盛期の始まりを担ったエリート中のエリート。

そんな男と結婚できたのは、道綱母が超美人で頭がよいと評判だったからで、その噂を聞きつけた若き兼家が熱心に求愛し、道綱母を射止めたんだ。でも、この身分違いの玉の輿が、彼女の運命を大きく変えてしまう。

新婚の頃はラブラブだった関係も、次第に影が見え始める。そう、兼家の浮気。出

世街道を驀進していく中で、「英雄色を好む」と言わんばかりに兼家は浮気しまくりだ。そんな中、夫を待つ寂しさや不安は相当なもので、道綱母としては恨みもかなり溜まっていたようだ。その怨念のような恨み節を『蜻蛉日記《かげろうにっき》』にしたためたんだ。

## 〝盛りを過ぎた菊の花〟に添えた一首

「嘆きつつ」の歌も、兼家への恨み節だ。道綱母が息子を出産して間もない頃、兼家が三日続けて来ない日があった。

　勘のよい彼女は尾行をつけて兼家の素行を調べさせたところ、案の定、自分より身分の低い「町の小路の女」のところに通っていたことが判明。プライドの高い道綱母は怒り心頭。しばらくしてやってきた夫に対して、門を開けてあげなかったんだ。

すると兼家はあきらめて、件《くだん》の浮気相手の家へ行ってしまった。

そこで道綱母が詠んだのが、この「嘆きつつ」の歌だ。歌には、盛りを過ぎた菊の花一輪を添えて、夫のもとに翌朝贈ったそうだ。「独りぬる夜の～」の「ぬる」が、なんだかヌルヌルした妖怪に変身した、道綱母の姿の擬態語のように感じられるのはボクだけだろうか。

後半の「いかに久しき ものとかは知る」は「夜が明けるまでの間がどれほど長いものかおわかりでしょうか、いえおわかりではありますまい」と、きつい詰問調だ。

この歌に対する兼家の返歌は、こうだ。「げにやげに 冬の夜ならぬ 真木の戸も おそくあくるは わびしかりけり（＝なるほど本当に、冬の長い夜が明けるのを待つのはつらいものだが、冬の夜でもない真木の板戸をなかなか開けてもらえないのもつらいものだよ）」。

このくらいとぼけた感じが兼家のよさだったりするんだろうね。道綱母も、なんだかんだ兼家のことを頼りにしていた様子が書かれているし、なんとも不思議な夫婦だ。『蜻蛉日記』の後半は、母の死による孤独や息子・道綱の成長や結婚、また兼家の旧妻の娘を引き取って養女にする話などが書いてあるけれど、道綱母の没年より約二十年前の39歳で筆が途絶えている。彼女の晩年はどうなったのだろうか……他人事ながら、ちょっと心配になるね。

第63番

今《いま》はただ　思《おも》ひ絶《た》えなむ　とばかりを
人《ひと》づてならで　言《い》ふよしもがな

左京大夫道雅《さきょうのだいぶみちまさ》
（992-1054年）

訳：逢えなくなってしまった今となってはもう、あなたのことをあきらめよう、ということだけを、人づてではなく直接伝える方法があればいいのに。

左京大夫道雅は藤原道隆《ふじわらのみちたか》の孫で、内大臣藤原伊周《ないだいじんふじわらのこれちか》の長男。父・伊周《これちか》が藤原道長《ふじわらのみちなが》との政権争いに敗れ失脚したことにより、道雅の家は没落していく。出世の道が絶たれた道雅は、ある女性に恋をする。それが、この歌の相手でもある当子内親王《まさこないしんのう》だ。

当子内親王は三条院《さんじょういん》（第68番）の皇女。伊勢の斎宮《さいぐう》（伊勢神宮に奉仕した内親王のこと。恋愛厳禁）をつとめ終え、京都に戻ったばかりの彼女に道雅は禁断の恋をしてしまう。このとき道雅は24歳、当子内親王は15歳くらい、それは当然秘密の恋だった。

しかし、密会を重ねるうちについに三条院に知られてしまい、二人は引き裂かれる。

その様子は『栄花物語《えいがものがたり》』にくわしく書かれているが、当子内親王は軟禁状態にされたうえ、さらに「守りめ（ボディガードのような者）」まで付けられて、厳重に警護される。これじゃあ道雅もどうにも手の出しようがない。

## 恋愛厳禁の内親王との「あはれ」な悲恋

「今はただ」の歌は三条院の激怒にあって、禁断の恋の相手である当子内親王と逢うことのできなくなった状況に対し、せめて直接、当子内親王に逢って、逢いにこられない理由を伝えたいという想いを歌ったものだ。

別れの言葉すら直接会って伝えられない悲恋。さぞかし、つらかったろうなぁ。叶わぬ恋とわかり、あきらめるしかないにしても、その決意をせめて直接伝えられないものかという想いは、実は矛盾している。わかっちゃいるけどやめられない、というのが本音だろう。直接会ったら駆け落ちでもしてしまいそうな勢いを感じるね。

この後、当子内親王は出家して尼となり、間もなく病気にかかって死んでしまうんだから、本当に「あはれ」な悲恋と言える。

愛する人を失い、政治家としての生命も絶たれている道雅は自暴自棄になったのだろう、その後の人生は転落の一途をたどる。博打《ばくち》をしたり、乱暴をしたりと荒《すさ》んだ生活を送ったようで、「荒三位《あらさんみ》」「悪三位」と不名誉なあだ名までつけられたのだった。

特にひどかった事件は、「上東門院《じょうとうもんいんの》女房《にょうぼう》殺害事件」だ。これは、万寿元（一〇二四）年に花山《かざん》法皇《ほうおう》の皇女である上東門院の女房が何者かに夜中の路上で殺されているのが発見された事件だ。当時の警察にあたる検非違使《けびいし》が捜査にあたった結果、容疑者として一人の法師を逮捕した。

するとと法師は、なんと「道雅の命で殺害しました」と自白したのだ。この事件はスキャンダルすぎてうやむやにされたものの、真犯人とも言える道雅は当然のごとく左遷された。

出世を阻まれ、愛する女性とも結ばれなかったにしても、道雅のその後の行動は褒められたものではない。

でも、この歌に込められた真率な想いは、24歳の若者の心の叫びであることは間違いないところだ。

第74番

うかりける　人《ひと》を初瀬《はつせ》の　山《やま》おろしよ
はげしかれとは　祈《いの》らぬものを

源《みなもとの》　俊頼朝臣《としよりあそん》
（1055・1129年）

訳：つれなかったあの人が、私になびくようにと初瀬の観音様に祈ったのに。初瀬の山おろしよ、お前が激しく吹くように、あの人のつれなさがいっそう増すようにとは祈らなかったのになあ。

源俊頼朝臣は、若い頃から篳篥《ひちりき》という楽器の演奏に優れていたので、堀河天皇《ほりかわてんのう》に仕える楽人の一人として活動していた。その後、大宰権帥《だざいのごんのそち》に任ぜられた父について大宰《だざい》府《ふ》に下向するが、父の死去に伴って帰京した。

京に戻ってからは、堀河、鳥羽《とば》、崇徳《すとく》の三代の天皇に仕え、当代一の歌人と言われたんだ。白河法皇《しらかわほうおう》の命で作られた『金葉和歌集《きんようわかしゅう》』の撰者にも抜擢され、個人としても『俊頼髄脳《としよりずいのう》』という歌論書が有名だ。

## 当代一の歌詠み上手の〝破格〟の一首

この歌は、ボクのおじいちゃんである藤原俊忠《ふじわらのとしただ》の家で開かれた歌会で詠んだ歌。お題は「祈れども逢はざる恋」、つまり一方的に燃え上がって神様にまでお願いするものの、ちっとも実らない片思いというものだ。

さて、当代一の歌詠み上手、ここが腕の見せどころというものだ。そんじょそこらにあるような普通の歌じゃあつまらない、と考えた技巧が冴えている。

まず、驚かされるのは二句に句割れがあること。「うかりける　人を」までがひと続きで、「私につれなかった人」の意になっているんだ。そして、二句の途中から三句がつながっていて「初瀬の　山おろしよ」と呼びかける形で三句切れになっている。破格でありながらも押さえるところはきっちり押さえていて、練りに練った歌作りと言える。歌会でこの歌を披露したときの、俊頼の得意満面顔が目に浮かぶようだね。

「初瀬」とは当時、観音信仰として広く参拝されていた長谷寺のあった地。ここで観音様に、どうか自分の恋を実らせてほしいとお祈りしたのに、現実にはまるで山風が吹きすさぶように、彼女の態度はつれなさが増すばかり。「これでは、私のかつての祈りと真逆ではないですか」と落胆しているというわけだ。難しいお題だったけど、俊頼は見事に詠み切っているね。さすがのひと言に尽きる。

第77番

# 瀬《せ》を早《はや》み　岩《いは》にせかるる　滝川《たきがは》の
# われても末《すゑ》に　逢《あ》はむとぞ思《おも》ふ

崇徳院《すとくいん》（1119－1164年）

訳：川の流れが速いので、岩にせき止められる急流がいったんは二つに分かれても、その先でまた合流するように、あなたと私も一度は別れても、必ずまた逢おうと思います。

崇徳院ほど、数奇な運命を生きられた帝はいないだろう。崇徳院は鳥羽天皇《とばてんのう》と藤原璋子《ふじわらのたまこ》との間に生まれた第一皇子で、「顕仁親王《あきひとしんのう》」と呼ばれたが、実は璋子と白河院《しらかわいん》（鳥羽天皇にとっては祖父）が密通して生まれた不義の子であったと言われている。

そのため幼い頃から父・鳥羽天皇に愛されることがなく（鳥羽天皇は崇徳のことを「叔父子」と呼んで忌み嫌っていたという説がある）、実の父に当たる白河院のバックアップによって5歳で即位するものの、鳥羽院によって23歳のときに譲位させられてしまった。

このとき、鳥羽院は最愛の美福門院得子《びふくもんいんとくこ》が生んだわずか3歳の皇子を近衛天皇《このえてんのう》として即位させるが、この幼帝は17歳という若さで崩御する。近衛天皇には子供がいなかったので、崇徳院は当然、自分の子が即位するものだと信じていたのだが、美福門院が「近衛天皇の早世は崇徳院の呪詛《じゅそ》によるものだ」と訴えたことで、鳥羽院は自らの第四皇子・後白河天皇《ごしらかわてんのう》（崇徳院にとっては弟）を即位させたのだ。

## 骨肉の争い「保元の乱」が勃発……崇徳院の運命は⁉

後白河天皇の即位に納得のいかない崇徳院は、父・鳥羽院が崩御した後、後白河天皇と対立し、保元《ほうげん》の乱《らん》を起こす。皇室・摂関家内の勢力争いに、源平も二派に分かれて衝突した。皇室が二派に分かれて争ったのも、藤原氏が真っ二つに分かれて争ったのも、これが最初のことなんだ。

戦いは崇徳院方が敗北し、崇徳院は讃岐《さぬき》に配流となる。讃岐に配流された崇徳院は仏教に傾倒し、三年がかりで書写したお経を、反省の意味も込めて都に送ったのだが、後白河天皇は「呪詛が込められているのではないか」と受け取りを拒否して讃岐に送り返してしまうんだ。

怒り狂った崇徳院は、自らの舌を噛み切り、その血で「日本の大魔王となって、天下を混乱させてやる！」と写本に書きつけたらしい。崇徳院は、二度と京の地を踏むことはなく、八年後の長寛《ちょうかん》二（一一六四）年に46歳で崩御した。
するとすると崇徳院の死後、都では飢饉や大火が立て続けに起こり、人々が「崇徳院の怨霊だ、たたりだ」と噂したんだ。

## あらゆる〝逆境〟に抗おうとする強い意志

「瀬を早み」の歌は、激しくほとばしる恋の歌だ。そこには、別れてもいずれ必ず再会しようという固い決意が込められている。数奇な人生を歩まれた崇徳院だけに、ただ恋の歌というだけにとどまらず、自らの逆境だらけの人生そのものに対する決意が感じられるようだ。

「瀬を早み」で「川の瀬の流れが速いので」。「せかるる」の「せく」と「滝川」は「瀬」の縁語。「せく」は「塞く・堰く」と書いて「せき止める」の意。「瀬を早み 岩にせかるる 滝川の」は「われても」の序詞。「われ」は「割れ」と「別《わ》れ」の掛詞。「あはむ」は「合はむ」と「逢はむ」の掛詞。

こうして見ると、いろいろな技巧が使われているものの、この歌の本質は、「どんなに離れ離れになっても、必ずまた一緒になりましょう」という執念にある。二つに割れた滝川が最後には一つに合流するように、二人の魂は必ず一つになるのです、という崇徳院の強い想いを感じられる名歌だね。

第82番

道因法師《どういんほうし》
（1090年‐没年不詳）

# 思《おも》ひわび　さても命《いのち》は　あるものを
# 憂《う》きにたへぬは　涙《なみだ》なりけり

訳：思い通りにならない恋で嘆き哀しんでいるが、それでも命はながらえているのに、つらさで耐え切れないのは、こぼれ落ちてくる涙であるのだなあ。

道因法師は俗名を藤原敦頼《ふじわらのあつより》という。崇徳院《すとくいん》（第77番）に仕えたが、出世はそれほどせず右馬佐《うまのすけ》などをつとめた。出家をしたのは80歳を過ぎてからだ。

下手の横好きと言っては失礼だが、歌に熱心だったわりに、それほどパッとした印象がないのが正直なところ。本人もそれをわかっていたのか、和歌の神様が祀られている住吉神社に、「私に秀歌を詠ませたまえ」と毎月参拝していたそうだ。

そんな道因には、死んでからの逸話もある。ボクの父・藤原俊成《ふじわらのしゅんぜい》（第83番）が『千《せん》載和歌集《ざいわかしゅう》』を撰んだときのこと。道因の歌への熱心さに敬意を表して、父は道因の歌を十八首撰んだんだ。すると その夜、父の夢に道因が現われて、涙を流して喜んだそうだ。父は道因を哀れに思って、さらに二首追加して二〇首にしたらしい。触らぬ神にたたりなし……。

## 90歳のおじいちゃんの〝老いらくの恋〟は、いかに!?

この歌は失恋しても持ちこたえている命と、失恋のつらさに耐え切れず流れる涙を対比的に歌ったもの。

こうしたストレートな感情の吐露は、確かに技巧溢れる新古今調とは異なるけれど、恋する一個人としては納得のいく人も多いんじゃないかな。道因の次の歌なんかもその路線のものだ。「馴れてのち 死なむ別れの かなしきに 命に替へぬ 逢ふ事もがな（＝恋人と慣れ親しんだ後に死ぬことになってしまったら、別れはどんなにか哀しいだろう。それを思えば命とは引き替えにせず、あの人と固く結ばれたいものだ）」。

要するに、このおじいちゃん法師道因は、歳をとるに連れて増していく人生の憂愁に身を浸しつつ、それでもなお、あきらめきれない老いらくの恋に身を焦がすという矛盾を歌おうともがいていたんじゃないかな。

90歳まで生きてみないとわからない人生の感慨というものがきっとあるはずだから、傾聴に値する歌人の一人であるとボクは思うんだ。

コラム

# 「六歌仙」「三十六歌仙」とは？

六歌仙とは、『古今和歌集』の「仮名《かな》序《じょ》」の中で、紀貫之《きのつらゆき》が「近き世にその名きこえたる人（この頃、歌人として世に名高い人）」として挙げた、次の六人の歌人をさすんだ。

✿在原業平（第17番）　✿喜撰法師（第8番）　✿小野小町（第9番）
✿僧正遍昭（第12番）　✿文屋康秀（第22番）　✿大伴黒主《おおとものくろぬし》

三十六歌仙は、「三舟《さんしゅう》の才」の持ち主と言われた平安中期の和歌の大家・藤原公任（第55番）が編集した『三十六人撰』に取り上げられた、三十六人の優れた歌人のこと。そのメンバーは、次の通り。

✿柿本人麿（第3番）　✿山辺赤人（第4番）　✿猿丸大夫（第5番）
✿大伴家持（第6番）　✿小野小町（第9番）　✿僧正遍昭（第12番）
✿在原業平（第17番）　✿藤原敏行（第18番）　✿伊勢（第19番）

✿素性法師（第21番）　✿藤原兼輔（第27番）　✿源宗于朝臣（第28番）
✿凡河内躬恒（第29番）　✿壬生忠岑（第30番）　✿坂上是則（第31番）
✿紀友則（第33番）　✿藤原興風（第34番）　✿紀貫之（第35番）
✿平兼盛（第40番）　✿壬生忠見（第41番）　✿清原元輔（第42番）
✿藤原敦忠（第43番）　✿藤原朝忠（第44番）　✿源重之（第48番）
✿大中臣能宣（第49番）　✿源　公忠《みなもとのきんただ》　✿大中臣頼基《おおなかとみのよりもと》　✿藤原元真《ふじわらのもとざね》
✿源　信明《みなもとのさねあきら》　✿斎宮女御《さいぐうのにょうご》　✿藤原清正《ふじわらのきよただ》　✿藤原高光《ふじわらのたかみつ》　✿小大君《こだいのきみ》　✿中務《なかつかさ》
✿藤原仲文《ふじわらのなかぶみ》　✿源　順《みなもとのしたごう》

　三十六人中、実に二十五人が『百人一首』に入っているね。ボク（定家）も『百人一首』を撰ぶにあたって、この三十六歌仙を特別に意識したというわけではないけれど、やはり名高い歌人ばかりだから、自然と重複したんだろう。

　ちなみに、六歌仙と三十六歌仙にダブルで入っているのは、小野小町、在原業平、僧正遍昭の三人だ。

6章

# これぞ名歌！ 匠たちの〝技巧〟に酔いしれる歌

この章には、「これぞ和歌の真骨頂！」と言いたくなるような、六歌仙・三十六歌仙にも選ばれた和歌の名手たちの歌を集めてみた。これらの歌人の歌は、当時の人々のお手本ともされてきたもの。そんな匠たちの〝歌いっぷり〟を思い切り楽しんでいただきたい。

# 田子《たご》の浦《うら》に　うち出《い》でてみれば　白妙《しろたへ》の
# 富士《ふじ》のたかねに　雪《ゆき》は降《ふ》りつつ

第4番
山辺赤人《やまべのあかひと》
（生没年不詳）

訳：田子の浦に出て雄大な風景を眺めてみると、真っ白な富士の高い峰に今まさに雪が降り続いていることだよ。

山辺赤人は三十六歌仙の一人であり、柿本人麿《かきのもとのひとまろ》と並ぶ『万葉集』の時代を代表する歌人。二人の頭文字をとって「山柿」と呼ばれ歌聖として崇《あが》められた。ボクも尊敬する二人なので、この『百人一首』でも三、四番目に持ってきたんだ。

生没年などはわかっていないが、御幸の際に詠む讃歌が多く残っていることから、聖武天皇《しょうむてんのう》の時代の宮廷歌人だったと言われている。『続日本紀《しょくにほんぎ》』などの史書に名前が記されていないので、官位は低かったと想像され、朝廷の命によって東国から四国へと、日本中に派遣されたようだ。人麿が抒情歌を得意としたのに対し、赤人は自然の美しさを詠む叙景歌を得意とし、「田子の浦に」の和歌は代表作とも言われている。

## 『万葉集』のオリジナル版から〝アレンジ〟した狙いは？

この歌は『新古今和歌集』からとったものだが、もともとのオリジナルの歌は『万葉集』に掲載されている。そこでは少し違って、

田子の浦ゆ　うち出でて見れば　ま白にそ　富士の高嶺に　雪は降りける

と書かれている。

「ゆ」は経過の場所を表わす言葉で「田子の浦を通って」となる。したがって「田子の浦に」では、田子の浦から富士山を見たということになるが、『万葉集』の「田子の浦ゆ」だと、田子の浦を通って富士山が見えるところまで出た、という意味になる。

雪の白さについても、『新古今和歌集』では「白妙の」と白い布にたとえているが、もともとは「ま白にそ」と直接的な言い方がされているところに、素朴なよさがある。

最後の「降りつつ」と「降りける」もかなり違っていて、「つつ」だと今も降っていることになり、「ける」だとすでに降っていたということになる。

『万葉集』のほうの歌を通して現代語に訳してみると、「田子の浦を通って富士山が

「見えるところまで出てみると、富士山の高いところには真っ白い雪が積もっていた」となるね。

## 「雪は降りつつ」に込められた優雅な叙情

こんなに違う歌ではあるけれど、どちらもその時代のよさを反映した名歌と言えるんじゃないかな。『万葉集』のほうは、視界が開けたところに富士の白い雪が見えた、という歌で、いかにも素朴でおおらかな歌が多かった万葉調らしい雄大さがあるよね。今では使わない「ゆ」という音の響きにも、なんだか心誘われるものがある。

一方、『新古今和歌集』のほうは全体に洗練されているものの、最後の「降りける」を「降りつつ」に変えたのは蛇足じゃないかなんて批判もあるようだ。でも、これは「つつ止め」って言って、新古今の時代に好まれた〝優雅な感動〟を表わしたものので、ボクはこちらが好きなんだ。

富士山頂に雪が降っている光景を赤人が実際に見たわけではなく、「富士の高い峰に今まさに雪が降り続いている」様子を想像して歌ったと考えると、なんとも優雅で叙情的な感動が感じられる。

第5番

# 奥山《おくやま》に　紅葉《もみぢ》踏《ふ》み分《わ》け　鳴《な》く鹿《しか》の　声《こゑ》聞《き》くときぞ　秋《あき》は悲《かな》しき

猿丸大夫《さるまるたいふ》
（生没年不詳）

訳：寂しい奥山で、紅葉を踏み分けながら雌鹿を求めて鳴く牡鹿の声を聞くときこそ、秋のもの哀しさがしみじみと感じられるよ。

猿丸大夫は、実は本当の名前も生没年も不明な、謎の人なのだ。そもそもが「猿丸」という名前は人につける名としてはいかにも不自然で、実は天武天皇《てんむてんのう》の子・弓削《ゆげの》皇子《みこ》ではないかとか、称徳天皇《しょうとくてんのう》に仕えた僧・道鏡《どうきょう》ではないかなどの説があるものの、いずれも真偽のほどは不明なんだ。

さらに、猿丸大夫に関する伝説は数多くある。ある伝説によると、猿丸大夫とは陸奥《みちのく》に住んでいた長者の孫、小野猿丸のことであり、彼は弓の名手であった。あるとき領地をめぐって争いが起きたのを、猿丸が助っ人して救ったという言い伝えもある。

そこから猿丸は、猟師の始祖であり守り神であるという信仰が起こり、その地方の猟師は猿丸を祀り、自らをその子孫と称することがあったらしい。

また、現代では哲学者の梅原猛が『水底の歌――柿本人麿論』において、いくつかの根拠を挙げて猿丸大夫と柿本人麿とが同一人物であると推測しているんだ。ただし、この説は根拠が薄いとして、賛同者はそれほど多くないみたいだね。

## 鹿の鳴き声×紅葉は、秋の〝超定番〟モチーフ！

この猿丸大夫の歌は『百人一首』の第5番の歌であり、また花札の「赤い紅葉に鹿」の図柄が描かれた10点札（いわゆる「紅葉（楓）に鹿」）の由来であるとされていることから、鮮烈な印象を持っている人も多いのではないかな。

牡鹿が雌鹿を求めて鳴く声は、秋の哀愁を誘うモチーフとして、誰の胸にも響くものだ。ただし、この歌の出典である『古今和歌集』を見ると、前後に置かれた歌は「萩」と「鹿」をテーマにしたものが多いため、猿丸の歌の「紅葉」も、実は萩の「黄葉」である可能性が高いんだ。その意味では、花札の図柄は間違っていると言える。

しかしいずれにしても、この歌が名歌であることに疑いはないだろう。

第6番

中納言家持《ちゅうなごんやかもち》
（718？−785年）

# かささぎの　渡《わた》せる橋《はし》に　おく霜《しも》の　白《しろ》きを見《み》れば　夜《よ》ぞ更《ふ》けにける

訳：七夕の日に彦星と織姫を逢わせるために、かささぎが天の川に翼を連ねて渡したという橋。その橋に降りた霜が真っ白なのを見ると、すっかり夜も更けてしまったのだなあ。

中納言家持こと大伴家持《おおとものやかもち》は、『万葉集』の代表的歌人。『万葉集』には天皇から庶民までの幅広い作者による、約四千五百首もの歌が載せられているが、そのうち家持の歌は最多の約四百七十首が入首していて、彼こそが『万葉集』を編纂した中心人物だと考えられているんだ。

家持は歌人としては活躍したものの、政治家としては不遇だった。そもそも大伴氏は大和朝廷以来の武門の家だったが、時代は藤原氏と橘氏《たちばなし》の権力抗争が続く混乱期。大伴一族の長だった家持は藤原氏からの圧迫を受けて相当苦労したようだ。

家持の代表的な歌には、「うらうらに 照れる春日に ひばり上がり 心悲しも ひとりし思へば（＝のどかに照っている春の日に、ひばりが舞い上がるけれど、心は哀しい。孤独に物思いにふけっていると）」がある。

## 織姫と彦星の〝七夕伝説〟を連想させる幻想的な歌

中国の伝説によると、七夕の夜には、一年に一度きりの彦星と織姫の逢瀬のために、かささぎの群れが天の川に翼を広げて橋を作って渡したとか。でも、七夕と言えば秋（陰暦では七月は秋）。そこに冬の霜を詠むとはなんとも季節はずれな気がするよね。実は、家持がこの歌を詠んだ状況については、解釈が二つに分かれるところなんだ。

一つめは、家持が冬の夜空を見上げたところ、天の川の星が白く眩しく輝いていて、それが霜のようだと連想したとする説。

二つめは、当時は宮中の御殿に渡した階段のことを「はし」と呼んでいたので、その階段に降りた霜が、まるで天上に散らばる星のように見えたところから、七夕伝説のかささぎを連想して詠んだとする説。

ボク（定家）としては、ロマンチックに前者の「夜空を見上げて」説を採りたいところだ。いずれにしても、七夕伝説の優美な世界観を伝える、幻想的な歌だよね。

第12番

僧正遍昭《そうじょうへんじょう》（816－890年）

**天《あま》つ風《かぜ》　雲《くも》のかよひぢ　吹《ふ》きとぢよ**
**乙女《をとめ》の姿《すがた》　しばしとどめむ**

訳：空吹く風よ、天女が行き交うという雲の中にある道を吹き閉じておくれ。この美しく舞う乙女たちの姿を、もう少し下界にとどめておきたいと思うから。

僧正遍昭は俗名を良岑宗貞《よしみねのむねさだ》といい、美男子として名高く、仁明天皇《にんめいてんのう》に重用されていた。女性関係では小野小町《おののこまち》との百夜通いのエピソードがある（22ページ参照）。話の中では深草少将《ふかくさのしょうしょう》（＝良岑宗貞）は死んでしまうが、これは伝説であって、実際のところは、二人は恋仲だったらしい。あの絶世の美女、小野小町が恋人なんてうらやましい限りだ。

しかし、そんな色男の宗貞だったが、仁明天皇の崩御をきっかけに突如出家して比叡山に入り、「遍昭」を名乗ったんだ。このとき、宗貞はまだ35歳だったけど、すでに世の無常を知り尽くしていたんだろうね。

## 「仮名序」では紀貫之に酷評されたが——

僧正遍昭は六歌仙の一人に選ばれている。かの紀貫之《きのつらゆき》（第35番）が『古今和歌集』の「仮名序《かなじょ》」において、僧正遍昭についてこんなコメントをしている。「歌のさまは得たれども、まことすくなし。たとへば、絵にかける女を見て、いたづらに心をうごかすがごとし（＝歌の形や趣向はよいが、現実味に欠ける。たとえば絵に描かれた女を見て、無駄に気を惹かれるようなものだ）」。

確かに僧正遍昭の歌は、客観的でやや現実味に欠けるものが多いが、今回の「天つ風」の歌に限ってはそうでもない。この歌は遍昭がまだ出家前、良岑宗貞という名前でエリート役人だった頃、宮中で陰暦十一月に開かれる「豊明節会《とよあかりのせちえ》」に参加した際に詠んだものだ。この行事の中では、五人の未婚の美女が舞を披露するならわしがあり、「五節《ごせち》の舞姫」と呼んでいた。遍昭の歌にある「乙女」とは彼女たちのことだ。

## 美しい舞姫を〝天女〟に見立ててヨイショ！

色男でモテモテだった宗貞らしく、目の前で美しく舞う舞姫たちを天女に見立ててヨイショしている。

「雲のかよひぢ」は雲の中にある天上に通じる路のこと。そこを天女が往来するという伝説があったんだ。「天つ風」は擬人法による呼びかけ表現。

天女は舞い終わると、雲の中の路を通って帰ってしまうと考えられていたので、風に向かって「その通路を吹き閉ざして、帰れないようにしておくれ」と頼んでいるわけだが、俗世の男の欲望丸出しとも言える歌だ。

ちなみに『百人一首』は最終的な身分を記載するので「僧正遍昭」と称しているが、これを詠んだときはまだ出家前なので、「舞姫を見ていたい」と詠んでもなんの問題もなかったのだ。

「坊主めくり」の遊びをしていて遍昭が出てきたときに、手持ちの絵札がすべて没収されたからといって、「このナマグサ坊主め‼」などと非難することなかれ。

第18番

# 住《すみ》の江《え》の　岸《きし》による浪《なみ》　よるさへや
# 夢《ゆめ》の通《かよ》ひ路《ぢ》　人目《ひとめ》よくらむ

藤原敏行朝臣《ふじわらのとしゆきあそん》
（生年不詳－907？年）

訳：住の江の岸に「よる」波ではありませんが、人目をはばかる必要のない夜の、夢の中の通い路ですら、あなたは人目を避けようとするのでしょうか。

藤原敏行は、平安時代初期に活躍した歌人。プレイボーイとして有名な在原業平《ありわらのなりひら》とは妻同士が姉妹なので、姻戚関係になる。業平同様、敏行も結構な色好みだったようだ。

また、敏行は書道家としても評価が高い。村上天皇《むらかみてんのう》が能書家として有名な小野道風《おののとうふう》に、「古今の最高の妙筆は誰か？」と問うたとき、道風は「空海《くうかい》と敏行」と答えたそうだ。空海と言えば平安時代の三筆（残りの二人は嵯峨天皇《さがてんのう》・橘逸勢《たちばなのはやなり》）の一人。その人と並べて言われるんだから、敏行の書道の腕前も相当なものだね。

ちなみに能書家としての敏行の逸話。二百人くらいから依頼されて法華経の書写をしたのだが、敏行は魚を食べたり、女のことを考えたりと、身を清めないままに書写をしたために地獄に落ちたというもの。この話は『宇治拾遺物語《うじしゅういものがたり》』と『今昔物語集《こんじゃくものがたりしゅう》』に載っているんだけど、敏行の奔放な一面がわかるエピソードだ。

## 「夢で逢えたら……」女性目線で詠まれた一首か？

この歌は、光孝天皇《こうこうてんのう》の后の御殿で開かれた歌会で敏行が詠んだものだ。

「住の江」は、現在の大阪市住吉区にある海岸。「住の江の　岸による浪」は「よる」の序詞。「よる」は「寄る」と「夜」の掛詞。「夢の通ひ路」は夢の中で恋人のところに通う道のこと。

ボクたちの時代には、夢に誰かが現われるのは「その相手も自分を深く想ってくれている証拠」だと考えていたんだ。だから、本当に二人が愛し合っているのなら、せめて夢の中で逢うことができてもいいはずなのに……となじっているわけだね。

この歌については男性目線で詠まれたものか、女性目線で詠まれたものか、意見が割れている。でも、当時は通い婚が普通だったということを考慮すれば、人目を避けて通ってきてくれない男、と解釈して、女性目線で詠まれたものとするほうがしっくりくるけど、どうだろう？

第21番

素性法師《そせいほうし》
（生没年不詳）

# 今来《いまこ》むと　いひしばかりに　長月《ながつき》の　有明《ありあけ》の月《つき》を　待《ま》ち出《い》でつるかな

訳：「日が暮れたら、すぐにここへ来よう」というあなたの言葉を信じて待っていたばかりに、秋の夜もずいぶん更けて、九月の明け方に出る有明の月を待つことになってしまいましたよ。

素性法師は僧正遍昭《そうじょうへんじょう》（第12番）が在俗の頃の子。桓武《かんむ》天皇《てんのう》の曾孫にも当たる血筋だ。宮中で殿上人《てんじょうびと》として出仕していたが、父・遍昭に「法師の子は法師になるのがよい」と言われ若くして出家した。ただ、出家して法師になったとはいっても、素性の頃は法師も政治の場にも出るし、文化的にも歌や書道を楽しんだようだ。

事実、自ら歌会などを開き、文化人を集めてサロン的な交流をしたようだ。『古今和歌集』の撰者である紀貫之《きのつらゆき》（第35番）や凡河内躬恒《おおしこうちのみつね》（第29番）とも交流があったようで、素性の死後、二人が追悼歌を詠んでいるように、当時の歌壇の有数の歌人からも慕われていた。

## 待たされたのはひと晩？　それとも長い歳月？

「今来むと」の歌は、素性が女性の身に立って詠んだ歌だ。

「長月」は陰暦九月、今とは少し季節感がずれていて、当時の陰暦九月はすでに晩秋、夜が長くなる頃だ。「有明の月」は月の入りが遅くなり、明け方まで空に残っている月のこと。「すぐ行くよ」という言葉を信じたばかりに、そんな時間まで起きていて、恋しい男性の訪れを待ちわびているという情景だね。

さて、この歌の女性が待たされたのは、ひと晩だけのことだとも、何カ月もの長い期間にわたってのことだとも考えられる。

ボクはどちらかというと「長い期間」のほうがおもしろいと思っていて、女は男を信じて待っていたのに、訪れのないまま季節がめぐって、本当に長〜いこと経ったせいで、ついに長月になっちゃったわよ、というほうが、単にひと晩待ち明かしたというよりも洒落ているからね。

こんな歌が詠めた素性法師も、さぞかし豊富な恋愛経験を積んでいたのだろう。自分もかつて、女性を待たせてしまった男としての罪悪感があるのかもしれないね。

第22番

吹《ふ》くからに　秋《あき》の草木《くさき》の　しをるれば
むべ山風《やまかぜ》を　嵐《あらし》といふらむ

文屋康秀《ふんやのやすひで》
（生没年不詳）

訳：山からの風が吹くと、すぐに秋の草木がしおれてしまうので、なるほど、だから山から吹き下ろす荒々しい風を嵐と言うのだろう。

文屋康秀は、平安時代前期の歌人。子に文屋朝康《ふんやのあさやす》（第37番）がいる。官位としては正六位上だったので、はっきり言って出世したとは言いがたい。しかし、歌人としては見事に六歌仙の一人に選ばれている。

ただし、康秀の歌の実力に関しては疑問を呈するむきもあって、事実、勅撰和歌集には『古今和歌集』にこの歌を入れて五首と『後撰和歌集《ごせんわかしゅう》』に一首が入集しているのみで、しかも『古今和歌集』の四首中二首は、息子の朝康の作とも言われている。彼の真の実力やいかに!?

## あの小野小町に「ボクと一緒に三河の国に行かない？」

康秀のエピソードとしては小野小町《おののこまち》との一件が挙げられる。康秀は小野小町と親密だったと言われていて、康秀が三河掾《みかわのじょう》（第三等官）に任ぜられて三河国（現在の愛知県東部）に赴任する際に、「ボクと一緒に三河の国に行かないかい？」と小野小町を誘ったことがあった。それに対して小町が次のように返歌している。

「わびぬれば　身をうき草の　根を絶えて　さそふ水あらば　去《い》なむとぞ思ふ（＝こんなに落ちぶれたつらい身なので、わが身を浮き草のように根を断ち切って誘う人さえあれば、どこにでも一緒について行こうと思います）」。はたして小野小町は本当に康秀について行ったのだろうか、そのあたりの事情はつまびらかにされていない。

## 洒落た言葉遊び――「山」＋「風」＝「嵐」!!

この歌の最大のポイントは、「山」と「風」の漢字二文字を合わせれば「嵐」になる、という遊び心を盛り込んでいるところだろう。「山風」は、晩秋に強く吹く風、つまり野分（台風）のことで、冬を予感させるものだ。

この歌は「是貞《これさだ》の親王の家の歌合」で詠まれた歌なんだけど、その場に参加していたみんなは康秀の機知に対して、さぞかし感心したことだろうね。

第28番

山里《やまざと》は　冬《ふゆ》ぞ寂《さび》しさ　まさりける
人目《ひとめ》も草《くさ》も　かれぬと思《おも》へば

源　宗于朝臣《みなもとのむねゆきあそん》
（生年不詳－939年）

訳：山里ではとりわけ冬の寂しさが身にしみて感じられるなあ。誰も訪ねてこないし、草木も枯れてしまったと思うと。

源宗于朝臣は、平安時代前期から中期にかけての人で、光孝天皇《こうこうてんのう》の孫にあたる。しかし、皇位継承とはいかず、源姓を賜与《しよ》されて臣籍降下されたんだ。天皇の孫なのに、なぜ出世できないんだろうという想いが強かったらしく、『大和物語《やまとものがたり》』には、宗于が身の不遇をかこつ挿話がいくつか載せられている。その一つに次のようなものがある。あるとき、宇多天皇《うだてんのう》が紀伊の国から石のついた海松《みる》という海草を奉られたことを題にして、人々が歌を詠むということがあった。
宗于としてはそれをチャンスだと思ったのだろう。得意の歌で不遇な立場にいる自分をアピールすることにした。その歌が、「沖つ風　ふけゐの浦に　立つ浪《なみ》の　なごりにさへや　われはしづまむ（＝沖から風が吹いて、吹井の浦に立つ荒波の引いた後の水溜まりの中でさえ、石のついた海松のような私は、底に沈んだまま浮かび上がれないのでしょうか）」というもの。

要するに、もうちょっとでいいから出世させてくださいよ、という内容の歌なんだけど、それを聞いた宇多天皇は、「なんのことだろうか。この歌の意味がわからないな」と側近の者にお話しになっただけで、なんの効果もなかったとか。

## なぜか〝冬眠している動物〟が連想される!?

この歌は『古今和歌集』の詞書《ことばがき》によると「冬の歌とて詠める」とあり、まさに寒々とした荒涼たる山里での孤独が詠み込まれている。

そんな「寂しさ」を引き起こす原因が込められているのが「人目も草も　かれぬと思へば」の下の句。「かれ」は人の足の「離れ」と、草木の「枯れ」の掛詞になっている。

こうまで寒々とした孤独を歌っているのに、不思議なことにこの歌からは何かしらほのぼのとした温かいものが感じられるのはなぜだろうか。それは、冬の山里で孤独をかこつ宗于の姿が、あたかも冬眠している動物が小さく丸まって、寒さと孤独にじっと耐えているような、けなげな姿を連想させるからではないかと思うんだ。

心《こころ》あてに　折《を》らばや折《を》らむ　初霜《はつしも》の
置《お》きまどはせる　白菊《しらぎく》の花《はな》

訳：あて推量に、折るならば折ってみようか。初霜が降りた中、その白さと菊の白さとが紛らわしく、見分けがつかなくなっている白菊の花を。

第29番
凡河内躬恒《おおしこうちのみつね》
（生没年不詳）

凡河内躬恒は、それほど目立って出世したというわけではなく、丹波や和泉、淡路などの地方官を歴任しただけで、官位も六位止まりだった。しかし、歌人としては延《えん》喜《ぎ》五（九〇五）年に紀貫之《きのつらゆき》・紀友則《きのとものり》・壬生忠岑《みぶのただみね》らとともに最初の勅撰和歌集である『古今和歌集』の撰者に任じられる栄誉に浴している。

『大和物語』の中の彼のエピソードとして、あるとき醍醐《だいご》天皇《てんのう》から「月を弓張りというはなにの心ぞ。そのよしつかうまつれ（=月を弓張りと言うのはなぜか。その理由を歌で答えてみよ）」と問われたときに、躬恒が即興で、「照る月を　弓はりとしも　い

ふことは　山べをさして　いればなりけり（＝照っている月を弓張りと言う理由は、山の稜線に向かって矢を射るように、月が山に沈んでいくからです）」と応じたという話がある。ここでは「いれ」が「射れ」と「入れ」の掛詞になっているんだけど、躬恒の機知に富んだ回答に、醍醐天皇もさぞかし満足だったに違いない。

## 正岡子規には酷評された〝雅の世界〟

この歌は、初霜が降りて、真っ白な霜と白菊との区別がつかないよ、勘だけで白菊を折ってみようか、という内容。

これについて明治時代に正岡子規《まさおかしき》が、「初霜が降りたくらいで白菊が見えなくなるわけではない。これは嘘の趣向である」と酷評したらしいね。確かに、いくら初霜が降りたからといって霜と菊との区別ができないなんて、ちょっとオーバーかもしれないね。でも、子規の評はこの歌の美点をイマイチ理解していないような気がするんだ。

躬恒としては、凜然《りんぜん》たる白菊の美しさを表現するために、これまた身の引き締まる冴えたイメージの初霜を引き合いに出したのだ。それに、写実的なリアリティーよりも、観念的な美をこそ追究するのが「雅」というもの。その誇大表現を「嘘の趣向である」と言ってしまっては、もとも子もない気がするんだけど、あなたはどう思う？

第30番

壬生忠岑《みぶのただみね》
（生没年不詳）

有明《ありあけ》の つれなく見《み》えし 別《わか》れより
暁《あかつき》ばかり 憂《う》きものはなし

訳：有明の月が、愛する女性との別れのときに、そ知らぬ顔をして空にかかっているのを見たときから、暁ほどつらく哀しいものはなくなりました。

あるとき、後鳥羽院《ごとばいん》に『古今和歌集』の中でもっとも優れた歌は何かと尋ねられて、ボクは忠岑のこの歌を挙げたんだ。そうしたら、先に同じ質問をされていた藤原家隆《ふじわらのいえたか》（第98番）もこの歌を挙げていたそうで、別に二人で話を合わせたワケじゃないのに、すごいことだよね。

詠み人の壬生忠岑は平安時代前期に活躍した歌人だ。壬生忠見《みぶのただみ》（第41番）は忠岑の子。身分はそれほど高くなかったが、『古今和歌集』の撰者に抜擢され、三十六歌仙にも入っている。

## つれないのは女？　それとも月？

「有明の」は「有明の月」のことで、夜が明けてもまだ空に残っている月のこと。「つれなく見えし」は「冷たく無情に思えた」。さて、ここで解釈が分かれるのが、何(誰)がつれないのかってこと。月？　女？　月と女の両方？

「月」が「つれない」という場合はこうなる。愛する女とひと晩一緒に過ごした後、当時の風習として、男は朝方には帰らなければならない。後ろ髪を引かれる思いの男に対して、有明の月は平然と空に残っている。ボクの思いなど知らない冷たいやつめ、という解釈だ。この場合、男女の関係は良好と取れる。

一方、つれないのは「月と女の両方」という場合は、男が女のもとへ行ったら冷たくあしらわれ、追い返されてしまう。そのとき空に出ていた冷たく輝く「有明の月」とともに、忘れがたい哀しい記憶になって、それ以来、明け方ほどつらく憂鬱な時間はないのだ、ということになる。

ボクとしては、この歌に出てくる男女はできればロマンチックに仲良しであってほしいという願望から、「月」だけが「つれない」と解釈したい。しかし、その日以来、「暁ほどつらく哀しいものはなくなった」というほどの男の感慨からすると、「つれない」のは「月と女の両方」と解釈すべきかな。あなたはどう思う？

第31番

# 朝《あさ》ぼらけ　有明《ありあけ》の月《つき》と　見《み》るまでに
# 吉野《よしの》の里《さと》に　降《ふ》れる白雪《しらゆき》

坂上《さかのうえの》　是則《これのり》
（生没年不詳）

訳：ほのぼのと夜が明ける頃、空に残っている有明の月の光が降り注いでいるかと思うばかりに、吉野の里に降り積もっている白雪よ。

坂上是則は、平安時代前期に征夷大将軍として蝦夷《えみし》平定をした坂上田村麻呂《さかのうえのたむらまろ》の子孫だと言われている。その血を受け継いでか、運動神経がよかったらしく、蹴鞠《けまり》の名手としても有名で、醍醐《だいご》天皇《てんのう》の御前で二百六十回も連続で蹴って褒美をもらったそうだ。

この「朝ぼらけ」の歌は、是則が大和国（現在の奈良県）に下っていったときに雪が降ったのを見て詠んだものだ。是則は大和権少掾《やまとごんしょうじょう》に任ぜられているなど、大和国に縁がある人だ。この歌は大和国の吉野で詠んだもの。

吉野といえば冬は雪、春は梅や桜の名所として有名で、歌枕にもなっている。自然が美しいところで、ボクたち歌人は好んでこの地で歌を詠んだものだよ。

## この「体言止め」が〃白銀世界〃の余情をかきたてる

「朝ぼらけ」は「あけぼの」と同じで、夜が明けてきて、ほのかにあたりが明るくなってくる頃。「有明の月」は、月の入りが遅くなり、明け方まで空に残って光っている月のこと。

明け方に「外が明るいな」と思って目を覚ますと、一面に眩しく輝く銀世界が広がっていた。その雪の白さに目がくらんで、明け方の月と錯覚してしまったくらいだと是則は言っている。月の白い光を、純白の雪や霜に見立てるのは、中国の漢詩でもよく行なわれていた美しい比喩なんだ。

句末は「吉野の里に降れる白雪」と体言止めにすることで、白銀の世界を見た瞬間の感動を上手く表わしているね。

「朝ぼらけ」と「有明の月」と「白雪」が三位一体となって重なり、淡雪がうっすら積もった景色を想像させる美しい歌だ。

第55番

# 滝《たき》の音《おと》は　絶《た》えて久《ひさ》しく　なりぬれど
# 名《な》こそ流《なが》れて　なほ聞《き》こえけれ

大納言公任《だいなごんきんとう》
（966-1041年）

訳：滝の音が響かなくなってからずいぶん長い年月が経過しましたが、その素晴らしい評判は、今もなお広く世間に流れ伝わっています。

大納言公任とは、関白太政大臣藤原頼忠《かんぱくだいじょうだいじんふじわらのよりただ》の子、藤原公任《ふじわらのきんとう》のこと。政治家として一流の家に生まれ、早くから出世コースを歩んだ人物。同い年にあの藤原道長《ふじわらのみちなが》がいたため、途中で出世街道は止まってしまうが、文化人としての活躍で彼の右に出る者はいない。あるとき、時の権力者・藤原道長が大堰川《おおいがわ》（現在の京都府保津川《ほづがわ》）で遊んだときのこと。豪勢にも「漢詩の舟・管弦の舟・和歌の舟」を用意して、それぞれにその分野の名人たちを乗せた。

しかし、すべて得意な公任さん。さてどうしたものか、というときに、道長に「あなたはどの舟に乗るおつもりですか？」と尋ねられ、公任は和歌の舟を選んだ。

そこで詠んだのが、「小倉山 嵐の風の 寒ければ もみぢの錦 着ぬ人ぞなき（＝小倉山よ。嵐山から吹いてくる山風が寒いので、舞い散る紅葉のように美しい錦を着ない人はいないことだ）」という歌。その場にいた人たちは、みんな大絶賛！

ところが、そこで公任のひと言。「漢詩の舟に乗ってよい漢詩を詠んでいれば、もっと賞賛を得られただろうになぁ」。これは、当時、男性貴族にとっては「漢詩」のほうが「和歌」よりも文化的に高い評価をされていたという背景があるからだけど、ここまで自信たっぷりの発言だと気持ちいいものだ。ボクも言ってみたいものだ。

このエピソードから、公任は「漢詩・管弦・和歌」の三つの才能を持つ男、ということで「三舟《さんしゅう》の才」の持ち主と呼ばれるようになったんだ。

## 「三舟の才」の持ち主も紫式部には軽くいなされた⁉

公任と言えば、もう一つ欠かせないエピソードがある。寛弘《かんこう》五（一〇〇八）年十一月一日に催された敦成親王《あつひらしんのう》（後一条天皇《ごいちじょうてんのう》）の誕生祝いの宴でのこと。公任がそこに居合わせた女房の一人である紫式部《むらさきしきぶ》に対して、「この辺りに『若紫』はいらっしゃいませんか」と声をかけた。「若紫」というのは『源氏物語』の中のヒロイン、紫の上の少女時代のことを指している。それに対して紫式部は、「光源氏に似ているかっこいい男性もいないのに、どうしてかわいい若紫がいるものかしら、いるはずないじゃない」と公任の質問を聞き流した、と『紫式部日記』に書いている。これには公任、どう思ったんだろうね。

## 枯れた滝の代わりに流れるような〝音〟の調べ

「滝の音は」の歌は、嵯峨天皇《さがてんのう》の離宮（別荘みたいなもの）である嵯峨大覚寺《さがだいかくじ》の滝殿で詠んだもの。その昔、そこには滝の流れる池があったらしく、人々が集まったときに、「古き滝」というお題で詠んだ一首。

「音」は「滝」の縁語。「なり」は「成り」と「鳴り」の掛詞。「流れて」は「絶えて」の対義語で、「流れ」は「滝」の縁語。歌の技巧をふんだんに盛り込んでいる。

そして、「なりぬれど」「名こそ流れてなほ」と、「な」の音を繰り返し用いることで、目の前の滝の水は枯れ果てているけれど、その代わりに言葉が流れるような流麗な歌に仕上げている。

政治家としてよりも、文化人・芸術家としての名声のほうが長続きすることを祈って頑張っていたに違いない公任の思いは、見事「名こそ流れて　なほ聞こえけれ」の通り、現代でも聞こえているのは間違いないところだね。

# 7章

# 春夏秋冬……色とりどりの〝四季〟を堪能する歌

春の散りゆく桜、夏の眩しい月、秋の鮮やかな紅葉、冬の冴え冴えとした雪……この章には、移ろいゆく四季折々の情景が、絵巻のように美しく浮かんでくる歌の数々を集めてみた。

第33番

紀友則《きのとものり》
（生没年不詳）

久方《ひさかた》の　光《ひかり》のどけき　春《はる》の日《ひ》に
しづこころなく　花《はな》の散《ち》るらむ

訳：日の光がのどかにさすこの春の日に、どうして落ち着いた心もなく、桜の花は散ってしまうのだろうか。

紀友則は紀貫之《きのつらゆき》（第35番）のいとこ。紀氏一族という名家に生まれるが、ちょうど藤原氏《ふじわらし》による摂関政治が始まった頃で、政治家としては不遇の時代を迎える。友則も40歳過ぎまで無官だったが、そのぶん和歌に力を入れ、多くの歌合で活躍し、才能を認められていったんだ。

また友則は、紀貫之や壬生忠岑《みぶのただみね》（第30番）とともに『古今和歌集』の編纂に携わったが、かわいそうなことに完成する前に亡くなったようだ。貫之は友則の死に際して、次の歌を詠んでいる。「明日知らぬ　わが身と思へど　暮れぬ間の　今日は人こそ　かな

しかりけれ（＝私の命も、明日をも知れぬ儚いものだと思うけれど、命がある今日はただ、あなたが亡くなったのを哀しむばかりです）」。

## うるさい相手を一瞬で沈黙させた名歌

彼が歌の世界で実力を認められた逸話がある。寛平《かんぴょう》の歌合《うたあわせ》でのこと。「初雁《はつかり》」のお題に対して、友則が「春霞～」と詠み始めたそうだ。それを聞いた対戦側の人たちは、「初雁は秋のものなのに、季節を間違えている」と笑ったそうだ。

ところがその後、「春霞　かすみていにし　かりがねは　今ぞ鳴くなる　秋霧の上に（＝春霞が立ちこめる中を、その霞に紛れてかすむようにして北に帰ってしまった雁は、今や再び渡ってきて、姿は見せないが鳴く声が聞こえるよ。秋霧の上のほうに）」と友則が詠んだので、第二句以降の展開の素晴らしさに、その場がシーンと静まり返ったそうだ。うるさい相手を黙らせるには、よい歌を詠むに限る。

## はらはらと散りゆく桜を惜しむ、日本人の心

「久方の」の歌で詠まれているのは、「桜」。『百人一首』には桜を詠んでいるものを何首か撰んだけれど、その中でも人気、出来映えともにナンバーワンと言えるのではないかな。あえて言えば小野小町《おののこまち》の歌も素晴らしいが、桜の特性を素直にとらえた歌としては友則の歌が一番だ。

「久方の」は「日・天・雨・月・雲・空・光・夜」などにかかる枕詞。ここでは「(日の)光」に冠している。「心」は人の心ではなく、花の心。擬人法だ。

ここで、「光のどけき（日の光が穏やか）」と「しづこころなく（心せわしく）」というのが対照をなしていて、穏やかな春の日に、目の前ではらはらとあわただしく散る桜に向かって、なぜそんなにも急ぎ散りゆくのかと、その心をおしはかっている。

いつの世も、もっと眺めていたいと思う人の心をよそに、せわしなく散っていく桜の花。この美しくも切ない光景は、今も昔も日本人の心をぐっとつかむもの。その心情を的確にとらえて見事に歌にしているんだから、人気があるのも納得だ。

第73番

権中納言匡房《ごんちゅうなごんまさふさ》
（1041－1111年）

# 高砂《たかさご》の　尾《を》の上《へ》の桜《さくら》　咲《さ》きにけり
# 外山《とやま》の霞《かすみ》　たたずもあらなむ

訳：高い山の峰に桜が咲いたことだなあ。人里近い山の霞よ、せっかくの桜が見えなくなるので、どうか立たないでほしい。

権中納言匡房こと大江匡房《おおえのまさふさ》の大江家と言えば、代々学問に秀でた家系。その中でも匡房は幼い頃から神童と呼ばれ、詩歌、漢学、文章、有職、さらには軍事にも通じた博学多才な人で、その才能はピカイチだったようだ。その学才によって異例の出世をし、天皇の秘書的な役職である蔵人《くろうど》をつとめ、参議から中納言にまで上りつめ、大宰権帥《だざいのごんのそち》にもなっている。

だけど、学者というと、なんとなく堅苦しくて頭でっかちなイメージがあるよね。平安時代もそれは同じで、若くして学者として活躍していた匡房を、宮中の女房たちが「頭はよくても、あずま琴は弾けないでしょ⁉︎」とからかったことがあったんだ。

そのときの匡房の切り返しが、実にお見事。

「逢坂の　関のあなたも　まだ見ねば　あづまのことも　知られざりけり（＝まだ逢坂の関から東へ行ったこともないのに、東の琴の弾き方など知っているわけがないでしょう）」。

これには口うるさい女房たちも、何も言えず黙ってしまったそうな。

## 〝空間的広がり〟を感じさせるチャーミングな歌

「高砂の」の歌は、内大臣藤原師通《ないだいじんふじわらのもろみち》の家で人が集まって酒を飲んでいるときに、「遠くの山の桜を眺める」というお題で詠んだ歌。だから、実際の眼前の風景を詠んだものではないけれど、見事な詠みっぷりになっている。

上の句の「尾の上（高い山の峰）」という遠景に対して、下の句に「外山（人里近い山）」の近景を置いているのが、山桜が広々と咲いている光景の、空間的広がりを感じさせる。三句切れによって、そんな上の句と下の句との対照をより鮮明にしているね。霞に向かって、「桜のために、どうか立たないでおくれ」とお願いしているのもチャーミングだ。

シンプルな構図で、気持ちよいくらいの〝おおらかさ〟を感じる歌だ。

第81番

## ほととぎす　鳴《な》きつる方《かた》を　眺《なが》むれば　ただ有明《ありあけ》の　月《つき》ぞ残《のこ》れる

後徳大寺左大臣《ごとくだいじのさだいじん》（1139－1191年）

訳：ほととぎすが鳴いた方角を眺めやると、その姿はなくて、ただ有明の月が残っているだけだよ。

後徳大寺左大臣こと藤原実定《ふじわらのさねさだ》は、藤原俊成《ふじわらのしゅんぜい》（第83番）の甥っ子で、ボク（定家）とは、いとこの関係。実定のおじいちゃんである実能《さねよし》のことを「徳大寺左大臣」と呼んだので、それと区別するために「後徳大寺」と呼ばれたんだ。彼は政治家としてもなかなか優秀で、左大臣にまで出世している。

また、文化人としても秀でていて、蔵書家として有名だったり、管弦にも優れていたりと万能ぶりを示している。政治の世界でも文化の世界でも、世渡り上手なオールラウンダーだったんだね。

「ほととぎす」の歌はお題があって詠まれたもの。渡り鳥であるほととぎすが渡来するのは、ちょうど夏の始まりとなる、五月初め。そのため、〝夏の訪れを告げる鳥〟とされ、ほととぎすの到来を今か今かと昔の日本人は待ったんだ。

その最初の一声を「初音」と言って、耳にするのをありがたがって、朝一番に鳴くのを聞こうと夜明けまでスタンバイすることもあったほどだよ。

もちろん歌にもたくさん詠まれていて、『万葉集』には約百五十首、『古今和歌集』には約四十首、『新古今和歌集』には約四十首もほととぎすを詠んだ歌が載っている。

## ほととぎす――〝夏の訪れ〟を聴覚と視覚で切り取った秀歌

「ほととぎす」はさっきも書いたように、夏の鳥。山の中に棲んで、明け方早くに鋭い声で鳴く。「有明の月」は「夜が明けてもまだ空に残っている月」のこと。

「ほととぎすが鳴いたと思ってその方角を眺めたら、ほととぎすの姿はもうなくて、ただ有明の月が空に残っているだけだ」と、聴覚と視覚の両方で、その一瞬を巧みに切り取った歌になっている。「なんだか肩すかしだな」なんて言わないでほしい。声は聞こえても、姿は見えない――それゆえに、ますます気をひかれるというのが、風流ってものなんだよ。テクニックに頼らず一気呵成《いっきかせい》に詠んだこの歌は、古来、ほととぎすを詠んだ秀歌とされているんだ。

第98番

# 風《かぜ》そよぐ　楢《なら》の小川《をがは》の　夕《ゆふ》ぐれは　みそぎぞ夏《なつ》の　しるしなりける

従二位家隆《じゅにいいえたか》（1158 - 1237年）

訳：風がそよそよと楢の葉に吹きそよぐ楢の小川の夕暮れは、すっかり秋らしさを感じさせるけれど、折から行なわれている禊《みそぎ》の行事が、夏であることの証だなあ。

従二位家隆こと藤原家隆《ふじわらのいえたか》は、鎌倉時代初期の公卿・歌人。この当時、ボク（定家）と並び称される歌人として高く評価されたんだ。

後鳥羽院《ごとばいん》が和歌を学ぶ際に、藤原良経《ふじわらのよしつね》（後京極殿）に「和歌を学ぼうと思うのだが、誰を師としたらよいだろう」と尋ねたところ、良経は迷わず家隆を推薦したそうだ。家隆は後鳥羽院の信任厚く、二人は和歌の師弟関係を超えて信頼しあう仲になった。

その後、後鳥羽院が鎌倉幕府に討幕の兵を挙げて敗れた承久三（一二二一）年の承久《じょうきゅう》の乱《らん》によって隠岐《おき》に配流された後も、和歌を送るなど交流を続けた。『百人一首』

では、この家隆の歌が98番目で、次の99番目を後鳥羽院の歌にしたのも、そんな二人を偲んだからなんだ。

## 六月三十日は「夏の終わり」、そして秋が訪れる

「楢の小川」は、京都にある上賀茂神社《かみがもじんじゃ》の境内を流れている「御手洗川《みたらしがわ》」のことで、参拝者がここで手を洗い、口をすすぐための川。「楢の木」との掛詞にもなっている。「みそぎ」は、その年前半の穢《けが》れを落とす「六月祓《みなづきばらえ》」のこと。陰暦六月晦日《みそか》に、海や川の水などで身を清め、身についた穢れを払い落とすんだ。「夏越《なご》しの祓《はらえ》」とも言うよ。

上賀茂神社でこの行事が行なわれるのは、陰暦の六月三十日。夏の最後の日にあたる。その翌日からは七月、ボクたちの時代の暦では秋に入るというわけだ。

『百人一首』では第2番に持統天皇《じとうてんのう》が「春過ぎて 夏来にけらし」と歌ったものに対応するように、ここでは夏から秋へと季節が推移することを歌ったものを配置しておいた。日本の季節の移り変わりの妙を鋭く感じ取る感性こそが、風雅の道にも通じる大切なものなんだ。

第32番

# 山《やま》がはに　風《かぜ》のかけたる　しがらみは　流《なが》れもあへぬ　紅葉《もみぢ》なりけり

春道列樹《はるみちのつらき》
（生年不詳 - 920年）

訳：山の中の小川に風が仕掛けたしがらみ、あれは何かとよく見てみると、流れようとしても流れ切れない紅葉だったのだなあ。

春道列樹は、平安時代中期の歌人。中央での出世はままならず、延喜《えんぎ》二〇（九二〇）年にやっと壱岐守《いきのかみ》に任じられたが、赴任直前に没したと言われている。列樹は残念ながら、壱岐島の美しい光景を見ることなく世を去ったが、都人としては、微官のままとはいえ、都に在住のまま死ねたことは幸せだったのかもしれないね。

歌人としては勅撰和歌集に五首が収められているのみだったのだけれど、ボクが『百人一首』に撰んだことで名が知れ渡ったんだ。

『古今和歌集』のこの歌の詞書《ことばがき》には、「志賀の山越えにてよめる」とある。「志賀」というのは、今の滋賀県のあたりだね。「志賀の山越え」というのは、京都の北白川から東へ向かい、如意嶽《にょいがたけ》と比叡山の間を抜けて近江国の大津（今の大津市）の琵琶湖岸へ達する山路のこと。その道を「志賀越道《しがごえみち》」と呼んだんだ。

## 〝晩秋の紅葉〟を詠んだ「美しい音の響き合い」

時は晩秋。秋晴れの景色の中、列樹は「志賀の山越え」の途中で美しい紅葉のしがらみを見つけ、その感動を歌にしている。

「しがらみ」とは、川の流れをせき止めて岸を護るために、川の中に杭を打ち並べたり竹を横に張ったりしたものだ。この歌では、紅葉が川の流れをせき止めて、それがまるで風がかけたしがらみのようだ、というんだね。

「流れもあへぬ」は「流れようとしても流れ切れない」という意味。何度も読んでみるとわかるんだけど、この歌には美しい音の響き合いがあることがわかる。「かぜの―かけたる」の「か」、「やまがは―しがらみ―ながれ」の「が」、「ながれ―なりけり」の「な」など、同音が繰り返されることで音が響き合うようになっているのが、なんとも美しい。

第37番

文屋朝康《ふんやのあさやす》
（生没年不詳）

# 白露《しらつゆ》に　風《かぜ》の吹《ふ》きしく　秋《あき》の野《の》は
# つらぬきとめぬ　玉《たま》ぞ散《ち》りける

訳：草の上に結ばれた白露に、風がしきりに吹きつける秋の野では、紐で貫きとめていない白玉が散り乱れたように見えることだ。

文屋朝康は、平安時代中期の歌人。六歌仙の一人である文屋康秀《ふんやのやすひで》の子だ。父の康秀もたいした出世はしなかったが、子の朝康も従六位下に任じられたことが伝わる程度で、伝記・経歴については不詳の人物だ。

歌合に何度か参加した記録があるが、勅撰和歌集には、『古今和歌集』に一首と『後撰和歌集』に二首が入集しているにすぎない。ただし、父・康秀の歌のいくつかは、実は子の朝康の作ではないかと言われているんだから、もし本当だとすると、すごい歌人だったのかもしれないね。

## 白露を「真珠」に見立てた〝視覚的センス〟！

朝康の歌は、実はボク（定家）がとても好きな歌なんだ。「玉ぞ散りける」の「玉」は真珠のこと。平安時代は、紐で真珠を貫いたネックレスが大切にされていた。なんといっても、この白露を玉にたとえた美しさと、その表現の見事さが光っている歌と言える。白露を玉にたとえること自体は和歌では定番だけど、ここでは風が吹くことで飛び散る草の上の水滴を、真珠が散り乱れていくさまに見立てたところに素晴らしさがある。

目前に情景を思い浮かべてみてほしい。雨が降った後の野原。一面に茂る草の葉に露がついてキラキラと光っている。そこに秋の野分《のわき》（台風）の風が吹きつけ、葉の上の露が吹き飛ばされる。それはまるで、紐をほどかれた真珠がはらはらと飛び散っていくようだ。この情景美は、日本の秋の美しさの一つの頂点と言えないかな。

視覚的にもイメージしやすく、「白露」を「玉」に見立てて、それが吹き飛ぶ様子を動的にとらえた美しさを感じさせている。まさに名歌と言えるね。

## 在原業平と藤原高子の〝逃避行〟まで連想させる歌

「白玉」で思い出すのは『伊勢物語《いせものがたり》』の第六段での有名な歌。

「白玉か　なにぞと人の　問ひし時　露とこたへて　消えなましものを（＝『あの光るのは白玉かしら、何なのかしら』と、いとしい人が尋ねたときに、『あれは露ですよ』と答えて、私も露のように消えてしまえばよかったのに）」。

この歌は、男が愛する女を盗み出して逃げる途中、雷雨を避けて宿をとっているうちに女が鬼に食われてしまい、夜明けになってそれに気がついた男が哀しんで詠んだもの。

実は、「男」とは在原業平《ありわらのなりひら》、「女」とは後に清和《せいわ》天皇《てんのう》の后となり、「二条《にじょう》の后《きさき》」と呼ばれた藤原高子《ふじわらのたかいこ》のこと。身分違いゆえ、駆け落ちした二人が、追っ手に捕まって連れ戻されたときのことをお話にしているんだ。

このように「露」とは風が吹けば、何かあれば一瞬で消えてしまう、美しいけれど限りなく儚いものの象徴なんだね。

第69番

能因法師《のういんほうし》

（988－1050?年）

# 嵐《あらし》ふく 三室《みむろ》の山《やま》の もみぢ葉《ば》は 龍田《たつた》の川《かは》の 錦《にしき》なりけり

訳：激しい嵐の吹く三室の山の紅葉葉は、龍田川の水面に散り落ちて、川を織りなす見事な錦に変身したのであったなあ。

能因法師は俗名を橘永愷《たちばなのながやす》という。20代後半で出家したようだ。彼は「歌枕」に並々ならぬ情熱をかたむけていたいわゆる〝オタク〟で、全国各地の歌枕や名所を旅して回った漂泊の歌人。今と違って当時の旅は相当に大変なことなので、体力、精神力ともに必要で、かつ本当に歌が好きでないとできない芸当だ。そして、これはのちに西行法師《さいぎょうほうし》（第86番）などに引き継がれていることを考えると、まさに〝漂泊歌人の元祖〟と言える存在だね。

一つ、思わず笑ってしまうエピソードを。白河（現在の福島県）を題材にして、

「都をば　霞とともに　立ちしかど　秋風ぞ吹く　白河の関」という歌を詠んだとき、実は能因は都にいた。でも、それじゃあ歌の信憑性と迫力に欠けると思った能因は、こっそり都の家にこもって誰にも知られず日焼けし、それから「みちのくに修行に行ったついでに詠みました」と言ってこの歌を披露したとか。見上げた根性だよね！

## これぞ〝歌枕オタク〟の本領発揮！

さて、この歌だ。「三室の山」は、現在の奈良県にある神南備山《かんなびやま》のこと。紅葉や時雨の名所だ。「龍田の川」は三室の山の麓を流れる川で、紅葉の名所。そして、こちらも歌枕。つまり、能因の歌には二つも歌枕が入っているんだね。さらりと詠んでいるように見せて、歌枕を二つも詠み込むなんて、なかなかの腕前だ。

ここでは紅葉を見立てて、錦の織物のようだと表現している。「三室の山」を鮮やかに染め上げた紅葉が、「龍田の川」まで風によって運ばれて「錦」に織り上げていると見たんだね。

実はこの歌の評価は一般的にはあまり高くない（らしい）。でもボクがこの歌を撰んだのは、山と川との対照、紅葉と錦の関係、そして歌枕を二つも入れ込んで詠んだ〝歌枕オタク〟の能因らしい歌だったからなんだ。あなたはどう評価する？

第70番

良暹法師《りょうぜんほうし》
（生没年不詳）

# 寂《さび》しさに　宿《やど》を立《た》ち出《い》でて　眺《なが》むれば　いづこも同《おな》じ　秋《あき》の夕暮《ゆふぐれ》

訳：あまりの寂しさに堪えかねて、自分の住まいを出てあたりを見渡してみると、結局どこも同じ、寂しい秋の夕暮れであることだ。

良暹法師の経歴はよくわかっていない。歌合にたびたび出席している記録が残されているが、『古今和歌集』の中の歌を間違えて覚えていて、それに気がつかずに歌を作って笑いものになってしまったという、ちょっと不名誉なエピソードが残っている。

しかし、歌人としての名声は高かったようで、平安時代後期に活躍した源《みなもとのとしより》俊頼は、良暹法師が住んでいた大原を通ったときに、その家の前で馬から下りて敬意を示したとか。

この「寂しさに」の歌からは、俗世を離れた隠遁生活の中で一人寂しさに耐えかねて、同じような心を持つ友を求めようとしている良暹法師の姿が目に浮かぶ。しかし、「宿を立ち出でて」あたりを見渡しても、そんな友がいるはずもなく、あたりはただ秋の夕暮れの景色が広がるばかりで、寂しさから逃れるすべもない。

結句の「秋の夕暮」の体言止めが、そんな秋のもの哀しさを受け止めているようだね。

ボクは四季の中でも、秋の情趣が一番好きで、『百人一首』では思い切りそんな私情をはさんで、秋の歌を十六首も撰んだんだ。中でもこの歌は、秋という季節が呼び起こす〝言いようのない寂寥感《せきりょうかん》〟を、非常によく表現していると思うんだ。

## 「秋」と言えば〝夕暮れ〟――これが日本人の感性

さて、ボクの頃には秋と言えば夕暮れっていうのがお決まりだったんだけど、時代をさかのぼると、清少納言《せいしょうなごん》が『枕草子』の中で書いている超有名な文章があるね。

「秋は夕暮れ。夕日のさして山のはいとちかうなりたるに、からすのねどころへ行くとて、みつよつ、ふたつみつなどと飛びいそぐさへあはれなり。まいて雁などのつらねたるが、いとちひさく見ゆるはいとをかし」

良暹の歌では秋の夕暮れはしみじみと寂しいイメージだけど、清少納言は秋の夕暮れの情趣をカラッと明るくとらえているね。

第71番

大納言経信《だいなごんつねのぶ》（1016 - 1097年）

夕《ゆふ》されば　門田《かどた》の稲葉《いなば》　おとづれて
あしのまろやに　秋風《あきかぜ》ぞ吹《ふ》く

訳：夕方になると、門前に広がる田んぼの稲の葉がそよそよと音を立てて、この葦で屋根をふいた粗末な家に、秋風が吹いてくる。

大納言経信こと源　経信《みなもとのつねのぶ》は、宇多天皇《うだてんのう》の皇子・諸王《しょおう》を祖とする宇多源氏の末裔。子に源　俊頼《みなもとのとしより》（第74番）、孫に俊恵法師《しゅんえほうし》（第85番）がいて、直系男子三代にわたって『百人一首』に入首している唯一の例だ。

それもそのはず、経信は博学多才で、あの藤原公任《ふじわらのきんとう》（第55番）と並んで「三舟の才」の持ち主と呼ばれたんだ。

「夕されば」の歌は、源　師賢《みなもとのすけかた》が持っていた京都の梅津にある別荘に人々が集まった際に詠んだもの。平安時代中期頃、貴族たちの間では都の山里に別荘を造って、いわゆる〝田舎趣味〟を楽しむことが流行したんだ。

源師賢の別荘もそうした趣向を持っていて、ここに貴族たちが集まり、夕方の田園の景色と秋風の組み合わせを楽しみつつ歌にしている。

そんなシチュエーションで詠まれた歌だけに、田舎に遊ぶ貴族の余裕が感じられる。「門田《かどた》、稲葉、あしのまろや」と田園風景を想像させる情景の中、「秋風ぞ吹く」とさわやかに秋風が吹き抜けていく様子はとてもすがすがしい。いかにも貴族が集まって、風雅を楽しんだときに詠まれた感じのする歌だ。

## 秋風が吹く〝農家の田んぼ〟すら風流な一首に！

ここでの「門田」は家の前にある田んぼ。農家が田んぼに取り囲まれている風景を表わしている。「葦のまろや」は「葦で屋根をふいた粗末な家」。実際に源師賢の別荘が粗末だったわけではなくて、「田家秋風」というお題に沿って、そういう風に〝わざと〟見立てているのが風流なんだ。

農家の田んぼに実った稲と粗末な小屋を眺め、そこにそよそよと吹く秋風を肌で感じている様子を、貴族らしく上品に詠んだ一首。叙景歌を得意とした経信らしい歌だね。

第79番

秋風《あきかぜ》に　たなびく雲《くも》の　絶《た》え間《ま》より
もれ出《い》づる月《つき》の　影《かげ》のさやけさ

左京大夫顕輔《さきょうのだいぶあきすけ》
（1090‐1155年）

訳：秋風にたなびいている雲の切れ間から、漏れ出てくる月光の、なんという澄み切った明るさだろう。

左京大夫顕輔とは藤原顕輔《ふじわらのあきすけ》のこと。父の顕季《あきすえ》は歌道の六条家《ろくじょうけ》を興した人物で、「人《ひと》丸影供《まるえいぐ》（歌聖として神格化された柿本人麿《かきのもとのひとまろ》を讃えながら宴をすること）」を初めて行ない、六条家を権威づけることまでしたんだよ。

この六条家っていうのは、ボクの父・藤原俊成《ふじわらのしゅんぜい》（第83番）が興した御子左家《みこひだりけ》（歌道の家）とはライバル関係にあたるんだ。

歌風は、ボクたち御子左家が芸術至上主義で「幽玄」かつテクニカルであるのに対して、六条家は無技巧に淡々と詠むスタイルだ。かなり違う歌風だね。

## シンプルゆえに格調高い！〝玄人好み〟の渋い一首

「秋風に」の歌は、これといった技巧はなく、見て感じたものを素直に歌い上げているよね。シンプル・イズ・ベスト、たなびく雲の隙間から漏れ出る「月光」の美しさを詠んだ叙景歌だ。

ボクだったら、もうちょっと技巧を加えて、余韻や余情を伝えたくなっちゃうところだけど、この歌はストレートゆえに格調高い。江戸時代の歌人・戸田茂睡《とだもすい》も、「此歌感情のふかき歌とはいふべからざれども、歌のがら高く、眼前の景色をそのまま云出て詞のつゞきおもしろく、かやうなる歌を上上の歌と云」と褒めたらしい。

ボクは六条家とはライバル関係ではあるけれど、この歌に関しては戸田茂睡の言う通り、歌の品格を感じるし、目前の情景を流れるような美しい言葉で歌い上げるのは、簡単なようでいて実は相当な腕前が必要だ。玄人《くろうと》好みの渋い一首だね。

ちなみに、この歌とは対照的な歌がある。「この世をば　わが世とぞ思ふ　望月の　欠けたることの　なしと思へば」、これは摂関政治の頂点を極めた藤原道長《ふじわらのみちなが》が詠んだことで有名なものだけど、完全なる満月があたりを明々と照らす様子は、権力の象徴ではあっても、平安王朝の貴族文化の風情ある情趣とは、ほど遠いよね。

第87番

寂蓮法師《じゃくれんほうし》
（1139 - 1202年）

# 村雨《むらさめ》の 露《つゆ》もまだひぬ 真木《まき》の葉《は》に 霧立《きりた》ちのぼる 秋《あき》の夕暮《ゆふぐれ》

訳：にわか雨が通りすぎ、その露もまだ乾かない杉や桧《ひのき》の葉に、霧がほの白く立ち上っている秋の夕暮れであるよ。

寂蓮法師は、平安時代末から鎌倉時代初期にかけての歌人・僧侶。僧である阿闍梨《あじゃり》俊海《しゅんかい》の息子として生まれ、後に叔父である藤原俊成《ふじわらのしゅんぜい》（ボクの父）の養子となったのだ。官僚としては従五位上まで至ったが、30歳すぎに出家した後は歌人として活躍し、『新古今和歌集』の撰者となるが、完成前に亡くなったのはかわいそうだったなあ。

寂蓮は書家としても優れていて、寂蓮の署名が残された作品「一品経和歌懐紙《いっぽんぎょうわかかいし》」は現在、京都国立博物館に所蔵されて国宝にもなっているそうだ。

## 『新古今』に収録された「三夕の歌」の〝本歌〟

寂蓮の詠んだこの「秋の夕暮」という結句は、好んで本歌取りされて、数多くの名歌が詠まれたんだ。『新古今和歌集』に収録された次の三首は、「三夕《さんせき》の歌」として名高いものとなっている。

さびしさは　その色としも　なかりけり　真木立つ山の　秋の夕暮（寂蓮法師）
心なき　身にもあはれは　知られけり　鴫《しぎ》立つ沢の　秋の夕暮（西行《さいぎょう》）
見わたせば　花も紅葉も　なかりけり　浦の苫屋《とまや》の　秋の夕暮（藤原定家《ふじわらのていか》）

「三夕の歌」の寂蓮の歌に比べると、ボクが『百人一首』に撰んだこの「村雨の」の歌は、実際の秋の夕暮れ時の景色が、より実感を伴って感じられる。秋のにわか雨の呼称である「村雨」や「霧立ちのぼる」という表現には情趣が漂っているし、そこに杉や桧の美称である「真木の葉」からの香りという嗅覚までを交えて見事に詠み切っているね。

秋の驟雨《しゅうう》（にわか雨）の後、木立からもやが立ちのぼる幻想的な雰囲気が伝わってくるようだ。これはまさにボクの父・俊成が唱えた「幽玄」やボク（定家）の唱えた「有心体」的な世界を見事に表現した名歌と言えるね。

きりぎりす　なくや霜夜《しもよ》の　さむしろに
衣《ころも》かたしき　独《ひと》りかも寝《ね》む

後京極《ごきょうごく》　摂政太政《せっしょうだいじょう》　大臣《だいじん》
（1169‐1206年）

第91番

訳：こおろぎが鳴く、霜の降りる寒々としたむしろに、衣の片袖を敷いて私はただ独りぼっちで寝るのであろうか。

後京極摂政太政大臣こと藤原良経《ふじわらのよしつね》は、祖父が法性寺忠通《ほっしょうじただみち》（第76番）で、叔父が慈円《じえん》法師《ほうし》（第95番）という、歌才は保証書付の人物。政治家としても従一位太政大臣《じゅいちいだいじょうだいじん》まで上りつめたが、わずか38歳にして急死してしまった。

後鳥羽院《ごとばいん》の信任が厚く、『新古今和歌集』の「仮名序《かなじょ》」を書くなど、まさにこれから、というところでの38歳の死は、まことに残念の極みと言わざるを得ない。

この歌は、『古今和歌集』の「さむしろに　衣かたしき　今宵もや　我を待つらむ　宇治の橋姫（＝むしろに衣の片袖を敷いて、今宵も私を待っているのだろうか、宇治の橋姫は)」という歌を本歌としている。「むしろ」とは、藁やいぐさで編んだ簡素な敷物のこと。秋の寒さ厳しい夜に、むしろに独り寝する侘びしさを詠んでいるのだ。

しかし、作者の良経は身分の高い公卿であり、この歌で歌われているような庶民の生活レベルとは、ほど遠いところにいたはずだ。ではなぜ良経はこうした歌を詠んだのか？

## 寂しい独り寝——亡き妻を恋い慕う哀悼歌

実は、この歌を作る直前に良経が妻を亡くしていることを知ると、「衣かたしき 独りかも寝む」に込められた良経の気持ちが十分に理解できる。粗末なむしろの上で、自分の片袖を枕に独り寝する侘びしさは、身分云々ではなく、そのときの良経の心情にもっともピタリと合うものだったのだろう。

そもそも「衣かたしき」は「着物の片袖だけを敷いて寝ること」。平安時代には男女が一緒に寝る場合、お互いに袖を枕代わりに敷き交わして寝ていたが、「かたしき(片敷き)」は自分の袖を自分で敷いて寝ることなので、「寂しい独り寝」を意味するのだ。

こう読み解くと、この歌は単なる〝秋の歌〟にとどまらず、亡き妻を恋慕う〝哀悼歌〟と言えるかもしれないね。

第94番

参議雅経《さんぎまさつね》
（1170－1221年）

# みよし野の　山《やま》の秋風《あきかぜ》　小夜更《さよふ》けて　故郷《ふるさと》寒《さむ》く　衣《ころも》うつなり

訳：美しい吉野の山に秋風が吹き、夜も更けて、かつて離宮のあった吉野の里は寒々として、衣を打つ砧《きぬた》の音だけが響き渡っているよ。

参議雅経こと藤原雅経《ふじわらのまさつね》は、源頼朝《みなもとのよりとも》からその才能を高く評価され、頼朝の息子である頼家《よりいえ》や実朝《さねとも》とも親交を結んだ。後鳥羽《ごとば》（第99番）、土御門《つちみかど》、順徳《じゅんとく》（第100番）の三天皇に仕え、従三位《じゅさんみ》参議《さんぎ》にまで上りつめた。和歌はボク（定家）の父・藤原俊成《ふじわらのしゅんぜい》（第83番）に師事している。

また、ボクと一緒に『新古今和歌集』を撰んだ人でもあるんだ。蹴鞠《けまり》（鞠を地に落とさないよう蹴り続ける遊び）も上手で、後鳥羽上皇を招いて開かれた蹴鞠会では、上皇から「蹴鞠長者」の称号を与えられた。和歌と蹴鞠の師範を家業とした飛鳥井《あすかい》家の祖となった人でもあり、政治にも文化にも才能を縦横無尽に発揮したといえる。

## 晩秋の吉野の、しみじみと侘びしい風情

「吉野の山」は歌枕で、かつて離宮のあった地だ。特に持統天皇《じとうてんのう》がこの地を好んでいたとされる。「衣うつ」は衣になる布を打つこと。「砧打つ」ともいう。木や石の台の上で布を木槌で打って、布をやわらかくしたり、つやを出したりするんだ。

かつては天皇の離宮があって栄えた吉野の里も今は古び、晩秋の夜に砧を打つ音が響き渡る、なんとも言えない侘びしさと詩情がしんみりと伝わる一首だね。

ちなみにこの歌は、『古今和歌集』に載っている坂上是則《さかのうえのこれのり》（第31番）の「み吉野の 山の白雪 つもるらし ふるさと寒く なりまさるなり（＝吉野の山の白雪は降り積もってゆくらしい。その麓の奈良の旧都も寒さが加わってゆくらしい）」を本歌取りしている。

この本歌は、是則が奈良に出かけた際に詠んだ歌で、実感を伴いつつ吉野の山の雪を連想しているのだが、雅経のほうは吉野山の寒さという状況を借りつつも、「白雪」を「秋風」に置き換え、また「衣うつ」という砧の音をつけ足すことで、単なる本歌取りにとどまらない新境地を拓いているのだ。

# 朝《あさ》ぼらけ　宇治《うぢ》の川霧《かはぎり》　絶えだえに　あらはれ渡《わた》る　瀬々《せぜ》の網代木《あじろぎ》

第64番

権中納言定頼《ごんちゅうなごんさだより》（995－1045年）

訳：冬の夜がおぼろげに明けてくる朝方、宇治川の川面を見ると、立ち込めていた朝霧が途切れ途切れに晴れていって、その合間合間に川瀬の網代木が次々と現われています。

権中納言定頼とは、藤原定頼《ふじわらのさだより》のこと。彼の父親は博学多才な文人、藤原公任《ふじわらのきんとう》（第55番）だ。定頼も父親の才能を見事に受け継ぎ、和歌に書道にと才能を発揮した。

定頼がまだ少年だった頃、一条天皇《いちじょうてんのう》の大堰川《おおいがわ》行幸にお供したときの話。和歌を詠むことになった定頼は「水もなく　見えこそわたれ　大堰川」と詠み始める。そばにいた父・公任は顔面蒼白。「満々たる水を運ぶ大堰川を見て『水もなく』だと!?」。ヤバい……そんな父親を気にもとめず、定頼が続けて詠んだ下の句は、「岸の紅葉は　雨と降れども」。なんと、紅葉を雨に見立てた素晴らしい歌を詠んだので、その場に居合わせた人々からは感嘆の声が上がり、公任もほっと胸をなでおろしたそうだ。

## 『源氏物語』の舞台――趣深い冬の宇治川の流れ

　さて、この歌は朝の宇治川の美しい風景を詠んだ叙景歌だ。定頼は大堰川の歌もそうだが、叙景歌を得意としたようだ。

「朝ぼらけ」は「朝がおぼろげに明けてくる頃」のこと。宇治は平安時代の貴族たちがこぞって別荘を建てたリゾート地だ。宇治川は『源氏物語』の宇治十帖のヒロイン浮舟《うきふね》が、薫君と匂宮《におうのみや》との三角関係に悩んだ末に、投身自殺をはかった川。それだけに、男女の深い機微が流れる川だとも言える。

「絶えだえに」は「(川霧が) 絶えだえに」と「絶えだえに（あらはれわたる）」の掛詞。「網代木」は、氷魚《ひうお》を取るために竹や木を編んで網の代わりにした「網代」を立てるために、川の浅瀬に打った杭のこと。

　宇治川の冬の風物詩がしっとりと歌われ、その情景が目に浮かんでくるようだ。

おそらく定頼自身、宇治川の流れに、何か人生や男女関係で物思うところがあったんじゃないだろうか。そう思ってもう一度この歌を読み直すと、また違った想いを込めた情景を詠んだ歌に見えてくるはずだ。

第78番

# 淡路島《あはぢしま》　かよふ千鳥《ちどり》の　鳴《な》く声《こゑ》に　いくよ寝覚《ねざ》めぬ　須磨《すま》の関守《せきもり》

源兼昌《みなもとのかねまさ》（生没年不詳）

訳：淡路島から海を渡ってくる千鳥の、もの哀しく鳴く声のために、幾度夜に目を覚まさせられたであろうか、須磨の関守は。

源兼昌は、平安時代中期から後期にかけての人で、宇多源氏《うだげんじ》の一員。この「宇多源氏」というのは、宇多天皇《うだてんのう》の皇子・諸王を祖とする源氏氏族で、賜姓《しせい》皇族の一つ。兼昌自体は官位には恵まれず、従五位下に至ったところで出家してしまう。それほど有名な歌人というわけではないが、この「淡路島」の歌を残したことで歴史に名を留めたといっても過言ではない。

この歌で歌われている情景を挙げていくと、季節は冬、夜の浜辺、聞こえてくるのは千鳥の鳴き声、そして場所は須磨……そう、わかる人はわかるよね、この情景で思い浮かぶのは流謫《るたく》の貴公子、かの『源氏物語』の光源氏の姿だ。

## 説明不要の名歌、ここにあり!!

都で対立していた右大臣一派の権勢が強くなったため、自ら都落ちの道を選んで須磨の地へと退居した光源氏が失意のどん底で見ただろう情景を思いながら、兼昌はこの歌を詠んだのだ。「須磨」の巻で、光源氏は次のような歌を詠んでいる。

「友千鳥《ともちどり》　もろ声に鳴く　あか月は　ひとり寝さめの　床もたのもし（＝群れなす千鳥が声を揃えて一斉に鳴く夜明け方、一人目覚めて床の中で泣いていると、自分と同じように哀しい様子で鳴いている友千鳥がいてくれることに気がついて、とても頼もしく感じられるのだ）」。

「淡路島」は現在の兵庫県の西南部沖に位置する島のこと。須磨からは一衣帯水《いちいたいすい》の近さだ。歌の世界では「千鳥」は、冬の浜辺を象徴する鳥で、その鳴き声は妻や友人を慕って鳴く寂しいものとされているんだ。

荒涼とした、冬の須磨。淡路島を背景に千鳥が渡ってくる、その寂しい鳴き声に関守が幾夜も眠りをさまたげられ目覚め、自分の孤独な境遇をしみじみと実感する……こうした説明は無用の長物、歌だけあればこと足りる、まさに名歌だね。

8章

# しみじみと〝人生の奥深さ〟を味わう歌

人生は儚く、この世では何一つとして永遠に続くものはない。本章には、歌人たちが胸に宿した孤独や、無常観を詠んだ歌を集めた。一語一語をかみしめるように味わってみれば、人生の奥深さを感じることができるはずだ。

第7番

# 天《あま》の原《はら》　ふりさけみれば　春日《かすが》なる
# 三笠《みかさ》の山《やま》に　いでし月《つき》かも

安倍仲麻呂《あべのなかまろ》
（698-770年）

訳：はてしない広さの大空を振り仰いでみると、美しい月が出ている。あの月は、故国の日本で見た春日の三笠の山に出ていた月と、同じものなのだなあ。

安倍仲麻呂は奈良時代の遣唐留学生。19歳の頃、遣唐使に抜擢された仲麻呂は吉備《きび》の真備《まきび》や玄昉《げんぼう》らとともに唐に渡った。そして当時の玄宗皇帝《げんそうこうてい》に気に入られて、以後五十年以上仕えることになるんだ。

あの超難しいとされる高等官資格試験である科挙《かきょ》にも合格し、李白《りはく》、王維《おうい》など唐を代表する詩人たちとも交流があったそうだ。平安時代の人々にとって、唐に渡って出世した仲麻呂は、それはそれは有名なヒーロー的存在だったんだ。

さて、在唐三十五年が経過し、帰国を許されて旅立った仲麻呂の乗った船は、なんと難破してしまった。このとき友人の李白は仲麻呂が死んだという誤報を聞き、七言絶句「晁卿衡《ちょうけいこう》を哭《こく》す」を詠んで仲麻呂を悼んだ。

しかし幸いにも仲麻呂は死んでおらず、やっとのことでベトナムに漂着したそうだ。その後結局、唐に戻ることになり、仲麻呂は一生日本に帰ることが叶わないまま、73歳でその生涯を閉じることになる。

平安時代後期になると、「仲麻呂は、鬼になった」という伝説が生まれた。その話はこうだ——玄宗に重用される仲麻呂を妬んだ唐の大臣たちが、仲麻呂を幽閉してしまう。仲麻呂は、怒りのあまり断食して自ら命を絶ってしまうが、なんとその後、鬼となってしまう。そして、同じく妬まれたゆえに幽閉された吉備真備を、鬼となった仲麻呂が助けるというお話。

これはもちろん作り話にすぎないけど、大国だった唐でも重用されるくらい目立った才能を持つ仲麻呂は、やはり歴史上の偉大な人物だと言える。

## 故郷への「万感の想い」を込めて詠んだ歌

『古今和歌集』の注に、この「天の原」の歌の作歌事情がくわしく述べられている。19歳で遣唐使として派遣され、在唐三十五年を経過して日本に帰国を許された仲麻呂は、明州の海辺で王維らが開いてくれた送別会で、夜空に浮かぶ美しい月を見て、この歌を詠んだと言われている。

「天の原」は広々とした大空のこと。単に空間的な広がりを示すだけでなく、時間的な広がりも表わしていて、言ってみれば宇宙的なスケールを感じさせる語が最初に置かれることで、歌の背景が広大なものとしてとらえられるようになっている。

「春日なる」の「春日」は、奈良の春日大社のある一帯の地名。遣唐使は旅の無事を祈って春日大社にお参りしたそうだ。「三笠の山」は春日大社の後ろにある山。

この歌の「出でし」の「し」は、過去を示す助動詞だが、過去は過去でも自分が直接経験した過去を表わすもので、この歌においては、唐における三十数年の月日を一瞬にして超え、仲麻呂自身を故郷に連れ戻す役割を担っている。まさに万感の想いを象徴する一語が「し」なのだ。

仲麻呂の切々たる想い、望郷の念は残念ながら叶うことなく終わってしまったわけだけど、異郷に死した仲麻呂の歌はこうして日本で残っている。しかと味わって読みたいところだ。

ちなみにこの歌は、現在、中国の陝西省西安市《せんせいしょうせいあんし》にある興慶宮公園の記念碑と、江蘇《こうそ》省鎮江市《しょうちんこうし》にある北固山の歌碑とに、漢詩の五言絶句の形に詠み直したものが刻まれて残っている。

第8番

# わが庵《いほ》は　都《みやこ》のたつみ　しかぞ住《す》む　世《よ》をうぢ山《やま》と　人《ひと》はいふなり

喜《き》撰《せん》法《ほう》師《し》
（生没年不詳）

訳：私の庵は都の東南にあり、心静かに暮らしているのに、世間の人は私が世をわずらわしいと思ってこんな山中に住んでいると言っているようだ。

喜撰法師は、平安時代初期の僧・歌人と言われている。「と言われている」と書いたのは、何せ宇治山に住んでいた僧であることと、本人作とされるわずか二首の歌以外のことが、まったく不明だからだ。それでいて六歌仙の一人に選ばれているんだから、なお不思議だ。この歌にちなんで「宇治山」を「喜撰ケ岳」と呼んだり、「喜撰」が宇治茶の銘柄名になったり、茶の隠語にもなったりしているんだ。

喜撰法師のこの歌は、上の句で「わが庵は」こうなのだ、と言っているのに対して、下の句で「人は」こうなのだ、とはっきりと対比をさせている。上の句の「しかぞ住む」というのは直訳すると「そのように住む」だが、「そのように」とは「どのように」なのかが、これだけではわからない。しかし、上の句と下の句とが対比関係だとわかれば、「自分は心静かに暮らしている」⇕「人は世をわずらわしいと思って住んでいる」ということがわかる仕掛けになっている。

かと言って理屈っぽい歌ではなく、あくまで自分と世間の人とのギャップに、「やれやれ困ったもんだ」とゆとりを持って苦笑いしている感じで、喜撰法師の明るく飄々《ひょうひょう》とした人柄を感じさせる歌になっている。

## 十二支の〝言葉遊び〟の歌!?

十二支でいうところの「たつみ＝辰巳」は東南の方向を示す。下の句の「世をうぢ山と」の「うぢ」は、地名の「宇治」（京都府宇治市）と「憂し」との掛詞。「しかぞすむ」の「しか」は一説には、「鹿」に掛けたとも言われているんだ。

十二支で「辰→巳」と来れば次は「午《うま》」かな、と思わせておいて「鹿」を持ってきているあたり、なかなかのユーモアを感じるし（「午鹿」＝「馬鹿」）、鹿が棲《す》む（しかぞすむ）くらいの静かな山奥なんだ、というように解釈しても、あながち間違いとは言えない気がする。ちなみに「うぢ山」の「う」に「卯」が掛かっているととるのは、ちょっと言葉遊びがすぎるかな？

第16番

中納言行平《ちゅうなごんゆきひら》
（818-893年）

立別《たちわか》れ　いなばの山《やま》の　嶺《みね》におふる
まつとし聞《き》かば　今帰《いまかへ》り来《こ》む

訳：あなたと今別れて因幡《いなば》の国へ行きますが、その因幡山の峰に生えている「松」の名のように、あなたが待っていてくれると聞いたならば、私はすぐにでも飛んで帰ってきますよ。

中納言行平とは在原行平《ありわらのゆきひら》のこと。『伊勢物語』の主人公としても有名な在原業平《ありわらのなりひら》は、行平の異母弟だ。色男の業平と比べて、行平のほうはそれほど女性関係は派手ではなかったようだが、官僚としては優秀だったようで順調に出世した。

しかし文徳天皇《もんとくてんのう》の時代、藤原良房《ふじわらのよしふさ》が太政大臣となり、藤原氏の台頭が始まった頃、行平は因幡国《いなばのくに》（現在の鳥取県）の守に任ぜられる。「立別れ」の歌は、任地に旅立つ行平を見送る人たちに対して詠んだ歌だと思われる。

## 愛する人々と離れ、一人任地に赴く切なさ

「いなばの山」は因幡の国にある山。「いなば」には「往なば」と「因幡」が掛けられている。「まつ」には「松」と「待つ」が掛けられている。「嶺におふる」のところが字余りになっているが、ここでリズムが「五・七・六」となることで、「まつ」という語の意味が強調される効果を生んでいるね。

因幡に出発する当初からすでに「すぐに帰ってくるよ」と歌っているあたり、やっぱり京を離れるのがイヤだったんだろうなあ。都落ちと言っても、因幡はかなり遠い国だから、行平の気持ちもわからなくはない。

因幡からは二年ほどで帰京した行平だが、のちに何かの理由で須磨に蟄居《ちっきょ》（謹慎）させられた。このことから行平は、『源氏物語』で光源氏が須磨に退居した話のモデルになったと言われているんだ。蟄居させられた行平は寂しさを紛らわすために、浜辺に流れ着いた木片から後に「須磨琴」と呼ばれる一弦琴（一枚の板に一本の弦だけが張られたもの）を製作したと伝えられている。また、須磨では松風と村雨という海女の姉妹と恋に落ちたらしく、これは謡曲「松風」などに伝えられている。

そしてこの和歌、のちにおもしろい使われ方をされるようになる。それは、飼い猫がいなくなったときに、飼い主がこの歌を紙に書いて玄関や猫が使う食器に貼ってお

くと、猫が帰ってくるというおまじないだ。

効果のほどは不明だが、行平の都への絶ちがたい思慕を詠んだこの歌の切なさが、いなくなった猫に寄せる想いに通じるところからできたものだと考えると、この歌がいかに人口に膾炙《かいしゃ》されてきたかがわかるね。

また、みんなは「行平鍋《ゆきひらなべ》」というのを見たことはないかな？　注ぎ口と取っ手のついた蓋《ふた》のある土鍋で、厚手に作られているので煮たものが冷めにくく、粥《かゆ》を炊くのには最適な鍋だ。

この「行平鍋」の語源については、在原行平が須磨で海女に塩を焼かせた故事にちなむという説、煮たものの湯気の具合を「湯気平《ゆげひら》」と呼んでいたのを「行平」にしたなどとする説があるようだが、現代でも意外に身近なところに、行平さんはいらっしゃるようだ。

第23番

大江千里《おおえのちさと》
（生没年不詳）

月見《つきみ》れば　千々《ちぢ》にものこそ　悲《かな》しけれ
わが身《み》ひとつの　秋《あき》にはあらねど

訳：月を見ていると、なんだかいろいろともの哀しさがこみ上げてくる。私一人のためにきた秋ではないけれど。

大江千里は、在原行平《ありわらのゆきひら》（第16番）・在原業平《ありわらのなりひら》（第17番）兄弟の甥っ子だ。

父が優れた漢学者であった影響もあり、漢詩人として優秀で、また大学で儒学など唐の学問を学び、父の跡を継いで学者になった。そうした漢学の素地を生かして、漢詩をアレンジ（翻案）して和歌を詠むテクニックに長けていたんだ。

大江千里と言えば、『新古今和歌集』に載っている「照りもせず　曇りもはてぬ　春の夜の　おぼろ月夜に　しくものぞなき（＝照るでもなく、かと言って曇るのでもない、春の朧月夜に勝るものはない）」の歌も有名。これは『源氏物語』の中で右大臣《うだいじん》の六《ろく》の君《きみ》という女性が登場するときに歌っているもので、それによって右大臣の六の君は、あだ名である「朧月夜《おぼろづきよ》」と呼ばれることのほうが多いくらいなんだ。

作者の紫式部《むらさきしきぶ》はこの歌を女性風にアレンジして、「しくものぞなき」のところを「似るものぞなき」とやわらかい表現にしている。それにしても、「月見れば」の歌も「照りもせず」の歌も、月を詠んだものとして素晴らしい傑作だ。

## 白楽天を〝日本的な感性〟で歌う天晴れさ!

「月見れば」の歌は、唐の大詩人・白楽天の『白氏文集《はくしもんじゅう》』の中の漢詩「燕子楼中霜月夜　秋來只爲一人長（＝燕子楼に霜が降りる月夜。私一人のために秋の夜は来て、こうも長い）」を翻案したものと言われている。

もともとの白楽天の詩では、「秋の夜は私一人のため」となっているところを、まったく逆に「私一人のためのものではないのに」と詠んでいるところに、千里の抜群のセンスを感じさせる。「秋の夜は私一人のため」と一人占めしてしまう感性は、日本人の美意識にはない。

千里が日本人として生き、春夏秋冬の中で培ってきた感性が、白楽天の詩をベースとしながらも真逆の答えを出しているこの歌の奥深さを、じっくりと味わってほしいところだね。

第34番

誰《たれ》をかも　知《し》る人《ひと》にせむ　高砂《たかさご》の
松《まつ》も昔《むかし》の　友《とも》ならなくに

藤原《ふじわらの》　興風《おきかぜ》
（生没年不詳）

訳：私はいったい誰を心の許せる友としたらいいのでしょうか。あの千年の寿命を保っている高砂の松でさえも、昔からの友ではないのに。

藤原興風は奈良時代の歌学者、藤原浜成《ふじわらのはまなり》のひ孫だ。浜成は、日本最古の歌論書『歌《か》経《きょう》標式《ひょうしき》』を著した人物。この本は独自の見解も多く、後世にかなりの影響を及ぼしたんだ。

その浜成のひ孫にあたる興風は、生没年不詳だが、紀貫之《きのつらゆき》（第35番）や紀友則《きのとものり》（第33番）と同時代を生きたようだ。中央の政治家としては出世できなかったようだが、歌人としては数多くの歌合に参加するなどして活躍し、三十六歌仙にも選ばれている逸材だ。また、管弦の中でも特に琴が得意だったことも伝わっている。

## 歳を重ね、世に一人残されたような寂しさ

「高砂の松」は、現在の兵庫県高砂市にある。高砂は昔から松の名所として有名な場所で、歌枕にもなっているんだ。『古今和歌集』の「仮名序」に、「高砂、住の江の松も、相生《あひおひ》のやうにおぼえ」と書かれているように、高砂の松と住の江（大阪市住吉区）の松は、「夫」たる住の江の松と「婦」たる高砂の松とがペアで、夫婦関係だと考えられていたんだね。

この「誰をかも」の歌は、歳を重ねるにつれて、友人たちが次々と亡くなり、一人寂しい晩年を迎えた興風の嘆きだ。

歌われた「高砂」の景色を知っている人であれば、あの白い浜辺に広がる松と、浜風の潮の匂いが具体的に思い起こされて、いっそう寂寥感をつのらせる。

「白砂青松《はくしやせいしよう》」というのは、本来は海岸の美しい景勝を意味する四字熟語だけど、ここでは老境に入った作者の孤独感を浮かび上がらせる、美しいと同時に寒々とした景色になっている。

興風が何歳でこの歌を詠んだのかは不明だけど、年々友達がまた一人、また一人と減っていく寂しさは、ボクも結構長生き（享年79歳）したから身に染みてわかるなぁ。

第66番

大僧正《だいそうじょう》行尊《ぎょうそん》
（1055・1135年）

もろともに　あはれと思《おも》へ　山《やま》ざくら
花《はな》よりほかに　知《し》る人《ひと》もなし

訳：私がお前を見てしみじみといとしく思うように、お前も私をいとしく思ってくれ、山桜よ。私にはお前より他に理解してくれる人もいないのだから。

大僧正行尊は、藤原道長《ふじわらのみちなが》に帝位を追われた三条院《さんじょういん》（第68番）のひ孫にあたる人物だ。10歳のときに父親を亡くし、12歳で出家して三井寺《みいでら》に入った。

行尊は、加持祈禱《かじきとう》に長け、しばしば霊験を現わしたというエピソードが残っている。たとえば『今鏡《いまかがみ》』には、藤原璋子《ふじわらのたまこ》が鳥羽天皇《とばてんのう》に入内する際に取り憑いた物の怪を調伏《ちょうぶく》したとあり、また鳥羽天皇の子が生後まもなく呼吸停止したときに、行尊が加持祈禱を行なったところ蘇生したと書かれている。そんなこともあって「験力無双《げんりきむそう》」と公家からの信頼も篤く、行尊は大僧正という僧官のトップにまで上りつめた。

## 人里離れた山奥での、山桜との一期一会の出会い

この歌は詞書《ことばがき》によると、大峰山《おおみねさん》の山中で一人修行しているところに出会った山桜に感動して詠んだもの。奈良にある大峰山は昔から、吉野山や熊野山に続いて修験道《しゅげんどう》が盛んなところだったんだ。

人も少ない山の中で立派に咲き誇る山桜は、それはそれは美しかったんだろうね。修験の聖地・大峰山に入って、本来であれば厳しい修行に明け暮れなければならないはずなのに、この思いもかけない美しい山桜との出会いを歌わずにはいられなかったのは、まさに花との一期一会だね。

「もろともに」は「あなたも私も」。ここでは人間ではない「山桜」を相手にして、お前もそうあってくれと呼びかけているので、一種の擬人化が行なわれている。

人里離れたところで孤独に咲き誇る山桜と、一人で厳しい修行をする詠み手の身が重ね合わさって生まれた名歌だ。「お前だけが自分を理解してくれる存在なんだ」というのは、一種のプロポーズのようにも聞こえるのはボクだけかな。

ちなみに、この『百人一首』には、行尊のひいおじいちゃんにあたる三条院の月の歌を撰んだから、ひ孫の行尊のほうは花の歌を撰んでみたんだ。こんな工夫もなかなかおもしろいでしょ？

第68番

三条院《さんじょういん》
（976-1017年）

心《こころ》にも　あらで憂《う》き世《よ》に　ながらへば
恋《こひ》しかるべき　夜半《よは》の月《つき》かな

訳：心ならずも、このつらい世の中に生きながらえることがあれば、きっと恋しく思い出すに違いない今夜の月であることよ。

三条院は、第六十七代の天皇。冷泉天皇《れいぜいてんのう》の第二皇子で、母は藤原兼家《ふじわらのかねいえ》の長女・超子《ちょうし》という権勢ある血筋だ。

しかし、父帝の冷泉天皇は病弱で奇行も多い方だったため後見としては弱く、皇太子となられてから二十五年もの間、天皇の位を待ち続け、36歳にしてやっと即位されたものの、在位はわずか五年だった。

本来ならば、自分の息子に譲位なさりたいところだったが、当時は藤原道長《ふじわらのみちなが》が外戚として摂関政治の頂点に君臨していたため思うに任せず、道長に迫られてしぶしぶ、道長の孫にあたる前帝・一条天皇《いちじょうてんのう》の第二皇子（母は道長の娘・彰子《しょうし》）に譲位せざるを得なかった。そもそも三条天皇は在位中にも眼病を患われたり、内裏が炎上したりと不幸続きだったんだけど、これにはどうも道長の陰謀の匂いがプンプンする。

譲位後、三条院はほどなく出家され、わずか42歳で崩御した。

## 病を得て〝退位〟を決意した天皇は「夜半の月」に何を見たのか——

この三条院の歌は、表面的には見栄えがよく美しい歌に思える部分があるものの、よく読むと実は人生の深いところで傷つき、生きることすらままならないつらさを詠まれていることがわかってくる。三条院の人生を知るにつけて、歌の味わいがまったく変わってくると言ってもいい歌だ。

当時、権力のすべてを手に入れようとしていた藤原道長から疎んじられ、退位を迫られていた三条天皇の立場は弱く、目の病気も患っていたので仕方なく退位をご決意される。そのときに詠まれたのが、この歌だ。

この歌が収められている『後拾遺和歌集《ごしゅういわかしゅう》』の詞書には、「例ならずおはしまして、位など去らんとおぼしめしける頃、月の明かりけるを御覧じて（＝三条天皇はご病気でいらっしゃって、いよいよ退位しようとご決意されたとき、月が明るかったのをご覧になって）」とある。

まさに退位をご決意されたそのとき、夜空を見上げると月が明るく輝いていた。目を患っている三条天皇としては、いずれ完全に目が見えなくなったときのために、今夜の美しい月明かりを心に焼きつけておけば、後できっと懐かしむときがくるに違いない、そんな複雑な思いで眺めなさったのだろうか……。

## 天皇の〝プライド〟と〝諦念の美学〟がおりこまれた歌

「心にもあらで」は「心ならずも・自分の本意ではないが」という意。「憂き世」は「浮世」とも書き、この世のつらさ、儚さを意味している。

胸中にわだかまっているこの憂き世への恨みを、夜半の月に向かって吐き出すかのように「かな」と詠嘆で詠み終えられているところが涙を誘う。

「心ならずも、このつらい世の中に生きながらえることがあれば」と三条院が仮定されているのは、裏を返すと、本心では早くこのつらい世を去りたいのだと思われているのだろうけれど、それを直接歌おうとはなさらないところに、天皇としての矜持《きょうじ》と一種の諦念《ていねん》の美学とが感じとれるようだ。

第83番

世《よ》の中《なか》よ　道《みち》こそなけれ　思《おも》ひ入《い》る
山《やま》の奥《おく》にも　鹿《しか》ぞなくなる

皇太后宮大夫俊成《こうたいごうぐうのだいぶしゅんぜい》（1114－1204年）

訳：世の中なんてものは、どうやってもつらさから逃れる方法はないのだ。思いつめて入ったこの山奥にも鹿が悲しげに鳴いているらしい。

藤原俊成《ふじわらのしゅんぜい》はボク（定家）の父親。御子左家《みこひだりけ》（歌道の家）の礎を築いた。父は『千載和歌集《せんざいわかしゅう》』を後白河院《ごしらかわいん》の命でまとめたり、「幽玄《ゆうげん》」という和歌の理念を確立したりしたことでも有名だ。

この「幽玄」というのは、「言外に余情を漂わせた、かすかで奥深い情趣美」のことで、わかりにくいけど、要するにのちの「侘《わ》び・さび」にもつながっていくような日本的な美を追求した歌体のことなんだ。父が歌を詠むときは、いつも古い僧衣を着て正座をし、桐の火桶を抱えながらじーっと考えるスタイルで、人からは「桐火桶の体」って呼ばれもしたけど、歌に対するそのまじめな姿を尊敬したものだよ。

## 出家を思いとどまった瞬間の〝深い悟り〟

この歌を詠んだとき、父は27歳の若さだった。この頃の父は、歌人としてはまだまだ駆け出しで、官僚としての出世も停滞していて悩んでいたらしい。しかも親友の西《さい》行《ぎょう》（第86番）が23歳の若さで出家する事件まで起きてしまう。そんなときに詠んだ歌だからかもしれないけれど、若くして悟りの境地に至っているね。

西行の出家にショックを受けた父が、自分も出家しようと山奥に入ったところ、鹿のなんとも言えない哀しげな鳴き声が聞こえてきて、ハッと我に返る様子が目に浮かぶようだ。「出家したとしても、生きている以上、どこにも逃げ場はないのだ」と気がついたときの父の絶望感が見事に詠まれている。

ちなみに父は63歳で出家し、91歳まで生きた。歌合の判者（審判）を任されたり、九《く》条《じょう》家《け》の歌指導を行なったりもして、平安時代末期の世の中が大きく変わろうとしていく中で和歌の道を究めていった。指導者としてはボクをはじめとして、寂蓮《じゃくれん》（第87番）や藤原家隆《ふじわらのいえたか》（第98番）など、後世に残る優秀な歌人を多数輩出した。自分の父ながら、若くして悟り、大器晩成型の人生を送った立派な人物だと思うよ。そういえば、ボクは父が50歳頃の子供なんだ。そっちのほうも大器晩成だったんだね（笑）。

第84番

ながらへば　またこのごろや　しのばれむ
うしと見《み》し世《よ》ぞ　今《いま》は恋《こひ》しき

藤原清輔朝臣《ふじわらのきよすけあそん》
（1104－1177年）

訳：これから先、生きながらえたのならば、今のつらさが懐かしく思い出されるのだろうか。この世をつらいと思った昔が今は恋しく感じられるのだから。

藤原清輔は、藤原顕輔《ふじわらのあきすけ》（第79番）の子。祖父・顕季《あきすえ》が立ち上げ、父・顕輔が引き継いだ六条家《ろくじょうけ》（歌道の家）に生まれたんだけど、なぜか父に嫌われ、歌の才能をなかなか認めてもらえなかったようだ。彼の父が撰んだ勅撰集『詞花集《しかしゅう》』にも、かわいそうなことに清輔の歌は一首も入れてもらえなかった。また、政治のほうでも父は息子の出世に非協力的だったので、清輔はぜーんぜん出世できなかったんだ。

そんな辛酸をなめた清輔も、父の死後は六条家を引き継ぎ、歌合でたびたび判者となるなど、ようやく歌壇の中心に躍り出る。こうして、ライバルの御子左家《みこひだりけ》（藤原《ふじわらの》俊成《しゅんぜい》・ボク定家親子）とともに歌壇を盛り上げた清輔だけど、二条院《にじょういん》の勅命で『続詞花集《しょくしかしゅう》』を撰んだ際には、院の崩御によって完成させられず、その姿はとても気の毒だったなぁ。

## どんな困難も、後から振り返れば懐かしくなるもの

この歌は清輔が30代の頃に詠んだという説と、60歳前後に詠んだという説がある。若き日に父と対立し、出世も出遅れた不遇な状況下で、あえて前向きな気持ちを奮い立たせて詠んだのか。それとも年をとり、ようやく歌人としても政治家としても報われ、過去の困難も今では恋しいと思って詠んだのか、どちらともとれる。

どちらにせよ、こういう心境は誰にもあるものではないだろうか。特に、父との軋轢《あつれき》に疲れ切った心境を歌ったものだという説は、ボクも偉大な父（俊成）を持っているから、清輔の想いは身に染みてよくわかる。

「身を捨ててこそ浮かぶ瀬もあれ」とは空也上人《くうやしょうにん》の言葉と言われているものだけど、人生、身を投げ出す覚悟があってこそ、かえって浮かび上がることもあるんだよ。だから、「ながらへば　またこのごろや　しのばれむ」という清輔の言葉は、逆境を乗り切るための、まさに人生の真理と言えるんじゃないかな。

第93番

世《よ》の中《なか》は　常《つね》にもがもな　渚《なぎさ》こぐ
海士《あま》の小舟《をぶね》の　綱手《つなで》かなしも

鎌倉右大臣《かまくらのうだいじん》
（1192-1219年）

訳：世の中は、永遠に変わってほしくないものだ。波打ち際を漕いでゆく漁師の小舟の、引き綱を引いてゆくさまを見ると、しみじみと胸が締めつけられるように哀しい。

鎌倉右大臣こと源実朝《みなもとのさねとも》は、鎌倉幕府の第三代征夷大将軍。鎌倉幕府を開いた源《みなもとの》頼朝《よりとも》の次男で、12歳という若さで征夷大将軍に就いた。幼くして幕府の頂点に立ったものの、政治の実権は執権《しっけん》をつとめる北条氏《ほうじょうし》が握っていた。一種の傀儡《かいらい》政権だね。

実朝様ご自身は優しい性格で、京都の貴族文化に憧れていて、妻も公卿の娘を迎えたほど。和歌にもとっても興味があるお方だった。なんと恐れ多くも、ボク（定家）が歌の指導をしていたんだ。ところが二代将軍頼家《よりいえ》（実朝の兄）の子・公暁《くぎょう》に、鶴岡《つるがおか》八幡宮《はちまんぐう》で暗殺されてしまった。まだ28歳という若さだった。

実朝様はさっきも書いたように、歌にとても興味を持たれていた。ボクが編纂を担当した『新古今和歌集』も、まだお披露目前だったときに、お父上である頼朝様の歌が入集するという話を聞くやいなや、「すぐに欲しい!」とおっしゃったそうだ。

歌に対する研究熱心な姿勢を尊敬していたから、ボクの家に受け継がれていた『万葉集』や、『近代秀歌』という歌論書を差し上げたら、それはそれは喜んでくださった。また、実朝様ご自身も私家集として『金槐和歌集《きんかいわかしゅう》』を残されているけど、万葉調の歌を詠まれるなど、随所に研究の成果が現われているんだ。

## 将軍家に生まれながら〝ちっぽけな人間の存在〟を諦観

「世の中は」の歌は、二つの歌を本歌としている。一つは『万葉集』、もう一つは『古今和歌集』の中の一首。このあたりも実朝様の勉強ぶりがわかるね。

「常にもがもな」は永久不変の意味。「世の中は常にもがもな」と切望するのは、この世の無常をイヤというほど知っているからこそだろう。ちっぽけな人間の存在など、なんの力もありはしないと諦観したとき、「渚こぐ海士の小舟の綱手」に深い哀しみを見る実朝様の姿には、胸を締めつけられる。

このときはまだ、甥っ子に暗殺される運命を知りもしなかったろう。将軍でありつつ多感で歌人としても優れていた実朝様の、底深い憂愁が伝わってくる一首だよね。

第95番

おほけなく　うき世《よ》の民《たみ》に　おほふかな
わが立《た》つ杣《そま》に　墨染《すみぞ》めの袖《そで》

前大僧正慈円《さきのだいそうじょうじえん》
（1155－1225年）

訳：身のほど知らずと言われても、仏に仕える身の法師として、この憂き世の民を救済するために覆いかけましょう。比叡山に住み始めた私が身に着けている、この墨染めの袖を。

慈円は摂政、関白、太政大臣を歴任した藤原忠通《ふじわらのただみち》（第76番）の子で、いわゆるエリート一家に生まれたが、忠通の晩年の子（十一男）だったこともあって、10歳のときに父・忠通と死別してしまう。そのため、慈円はわずか11歳で比叡山に入り、13歳で出家。仏道修行に励み、38歳で天台座主《てんだいざす》（僧職の最高位）にまで上りつめた。

また、歴史書『愚管抄《ぐかんしょう》』を著したことでも有名だね。とは言っても僧職に専念していたわけではない。摂関家に生まれた以上、出家しても政治に無縁とはいかず、権力者の兄・九条兼実《くじょうかねざね》や後鳥羽天皇《ごとばてんのう》と深く関わり、兄の進退とともに慈円も座主になったり下ろされたりと振り回されることになるのだ。

慈円自身は、エリート一家に生まれたが、驕《おご》ることもなくまじめで謙虚な人物だった。

『沙石集《しゃせきしゅう》』によると、慈円が遁世歌人として有名な西行《さいぎょう》(第86番)に天台の真言を伝授してほしいと申し出たとき、西行に「密教を理解したいなら、和歌も習いなさい」と言われたため、素直に和歌の勉強をしてから再度伝授を願い出たという。

慈円の歌は勅撰和歌集に二百五十五首も撰ばれていて、ついに西行と肩を並べるまでになった。仏道修行も歌道も極めた、大の努力家だったと言える人物だ。

## 動乱に満ちた世を「救いたい」という覚悟

「おほけなく」は、「身の程を知らず・身の程をわきまえないで」という意味で、謙遜する気持ちを表わしている。後に天台座主にまで上りつめる慈円だけど、この歌を詠んだときはまだ30歳くらいの若輩者だったんだ。まだまだ未熟者ですが、と前置きしないと、諸先輩方を差し置いて、仏の慈悲についての歌は詠めないと謙遜していたんだね。

「うき世」は「憂き世」と書いて、つらいこの世のこと。「おほふ」は「袖」の縁語。ここでは、自分の法衣の袖を覆いかけるようにして、僧の身として衆生を護りたいと

いう覚悟を詠んでいるんだ。

「杣」は、植林した木を切り出す山のこと。この歌には本歌があって、その本歌では「わが立つ杣」というのは、「比叡山」のことを指している。「墨染め」は黒く染めた衣のことで、「墨染め」と「住み初め」が掛けられている。こうしてみると、かなり技巧の凝らされた歌だね。

しかし、こうした謙遜や技巧の裏にあるのは、万民を救済したいという、慈円の熱い想いだ。

時代は平安時代末期。世の中では戦乱が起こり、政情も不安定な中で、人々は不安で苦しい生活を送っていた。若き慈円としては、四苦八苦の満ちた「憂き世」に暮らす人たちを救済したいという使命感を抑え切れなかったに違いない。そのためにも仏道修行に励もうという、強い決心が感じられる歌だ。

第96番

花《はな》さそふ　あらしの庭《には》の　雪《ゆき》ならで
ふりゆくものは　わが身《み》なりけり

入道前太政大臣《にゅうどうさきのだいじょうだいじん》
（1171－1244年）

訳：桜の花を誘うように吹き散らす、激しい風の吹く庭に降りゆくのは雪ではなくて、老いさらばえて古《ふ》りゆく私自身であるのだなあ。

入道前太政大臣こと藤原公経《ふじわらのきんつね》は、鎌倉時代、幕府寄りの公家として、幕府と朝廷の両方と絶妙な関係を築き上げ、太政大臣にまで出世した人物。公経は外孫の藤原頼経《ふじわらのよりつね》を鎌倉幕府の第四代将軍にまで押し上げたことで権力をつけ、華やかな生活を送ったんだ。晩年になると朝廷の人事を思いのままに操るなど処世術に長けていたんだけど、いわゆる私利私欲に走るタイプで、政治家としての評判はイマイチだね。

そんな公経が出世するきっかけになったのが承久の乱《じょうきゅうのらん》。このとき公経は、後鳥羽院《ごとばいん》（第99番）らの幕府転覆の企てを知ったため幽閉されるも、承久の乱の情報を幕府に密告してしまう。そして、幕府の勝利に貢献した公経は太政大臣にまで上りつめることができたんだ。このとき敗れた朝廷側の後鳥羽院、順徳院《じゅんとくいん》（第100番）はその後、配流されてしまった。

ちなみに公経は、莫大な財力を使って京都の北山に西園寺《さいおんじ》という別荘を造った。だから西園寺公経なんて呼ばれることもあるんだ。この西園寺は、のちに足利義満《あしかがよしみつ》に譲られて、かの有名な金閣（鹿苑寺《ろくおんじ》）になったんだよ。

## 嵐に舞う桜を見て、老いを自覚する……

地位と権力と金を得た公経が、桜の花が散るのを見てふと感じたのは、老いゆく自分の寂しい姿。春の華やかさの中で老いを自覚するのは、日本人の人生観の根底にある無常観にも通じるところがあって、なかなかに深い歌と言える。

同じく栄華を極めた藤原道長《ふじわらのみちなが》が、「望月の　欠けたることの　なしと思へば」と自らの繁栄に酔いしれる歌を詠んだのとは、実に対照的だ。

政治家としてはずる賢いと言われる公経だけど、彼の生きた時代は激動期でもあり、処世術なしでは生きていけなかったことを思えば、「私も老いたものだ」と詠んだこの歌からは、一人の人間としての公経の本音が聞こえてくるようだね。

第99番

人《ひと》もをし　人《ひと》もうらめし　あぢきなく
世《よ》を思《おも》ふ故《ゆゑ》に　もの思《おも》ふ身《み》は

後鳥羽院《ごとばいん》
（1180－1239年）

訳：あるときは人をいとしく思い、またあるときは恨めしく思う。思うようにならないと、この世を思うがゆえに、あれこれと思い悩むことが多いわが身は。

後鳥羽天皇は安徳天皇《あんとくてんのう》の次代にあたるけど、その即位はわずか4歳、しかも平家追討中のことであり、安徳天皇がまだ退位していなかったから、二人の天皇の在位期間が二年間重複するという異常事態を迎えた。しかも、三種の神器を平家に持っていかれてしまったため、神器なしで即位するという従来の伝統を無視したものだったんだ。

後鳥羽天皇はその後、神器が揃わないまま玉座についたことで何かとケチをつけられた。その反動かな、19歳で早くも譲位して上皇となられ、その後三代二十三年間に渡って院政を敷いて権力をほしいままになさった。

和歌に関しても熱心で、中でも三十人の歌人に一人につき百首ずつ歌を詠ませた未《み》曾《ぞ》有《う》のイベント「千五百番歌合《うたあわせ》」は、空前絶後のすごさだった。またボクも撰者の一人として参加した『新古今和歌集』の編纂もお命じになったんだ。

## 愛と憎しみは〝表裏一体〟――文学の「普遍的テーマ」を詠んだ歌

この歌を詠んだとき後鳥羽院は33歳で、院政を敷き政権を握っていらした。後に鎌倉幕府打倒を企て、承久の乱を起こされるのだけど、それよりも九年前の歌だ。

「をし」は「愛する」の意。「人もをし」「人もうらめし」と並列的に歌われ、「人を愛するときもあれば、恨めしいと思うときもある」としている。「あぢきなく」は「つまらない、自分の思い通りにならなくて不満に思うこと」で、「世を思ふ」にかかる倒置法。「もの思ふ身は」は「あれこれと思い悩むことが多いわが身は」となる。

この歌のすごいところは、「人もをし人もうらめし」の出だしが初句と二句でそれぞれ句切れることによって、人を愛することと憎むことが、紙一重であることが伝わってくるところ。

「――し」という音で連続して句切れになっているところがリズムを生み、矛盾する心情を吐き出すかのような言い切りが、心をえぐるような鋭さを生んでいるんだ。愛と憎しみは表裏一体のもの、というのは古今東西の文学の普遍的な真理であり、それを見事に歌い切っている。素晴らしいの一語に尽きる。

## 噂された〝後鳥羽院の呪い〟とは

この歌からは、激動の時代を生きられた後鳥羽院の苦悩が伝わってくる。思い通りにならないこの世に不満を抱えたまま生きる切なさも、ひしひしと感じられる。

承久の乱に敗れ、隠岐《おき》に流された後鳥羽院は、そんな生活の中でも手紙を通して歌合をしたり、『新古今和歌集』の手直しをされていたんだ。最後まで歌への執着は見事なものだった。

後鳥羽院とボクは『新古今和歌集』の編纂をめぐって仲違いしてしまったけれど、和歌所を再興したり、ビッグな歌合を主催したりした院の歌に対する情熱にはボクも脱帽するしかない。

ちなみに承久の乱後、朝廷を掌握した幕府は「後鳥羽天皇系の即位は認めない」として、後堀河天皇《ごほりかわてんのう》、後高倉天皇《ごたかくらてんのう》を立てた。しかし後高倉天皇系の上皇、天皇はいずれも不遇な最期を遂げており、これは「後鳥羽院の呪い」ではないかと噂されたんだよ。

後鳥羽院は崩御後に「顕徳院」という諡《おくりな》が贈られたけど、「徳は怨霊を呼ぶ不吉な字である」として後鳥羽院と改められたんだ。以降、徳の字を含む諡号を送られた天皇は一人もいないんだよ。くわばらくわばら。

第100番

順徳院《じゅんとくいん》

（1197‐1242年）

百敷《ももしき》や　古《ふる》き軒端《のきば》の　しのぶにも
なほあまりある　昔《むかし》なりけり

訳：この宮廷の荒れた古い軒端に生えている忍草を見るにつけても、やはりいくら偲んでも偲びきれない、栄えていた昔のよき御世であるなあ。

順徳院は後鳥羽天皇《ごとばてんのう》の第三皇子。父帝の後鳥羽天皇に負けず劣らず、勝気な性格の方だった。そんな息子が後鳥羽天皇もかわいかったんだろう、第一皇子の土御門天皇《つちみかどてんのう》を早々に退位させ、14歳の順徳天皇を即位させたんだ。

父の後鳥羽院が院政を敷いていて、事実上やることのなかった（失礼！）順徳天皇は、熱心に王朝時代の有職故実《ゆうそくこじつ》（朝廷・武家の官制や行事の慣行に関する知識）を研究され、漢文で『禁秘抄《きんぴしょう》』を著した。また歌道にも興味を示されたので、畏れながらボク（定家《ていか》）が指導したんだ。

承久の乱は後鳥羽院が起こした幕府打倒の企てだけど、息子の順徳天皇も積極的に参加されたんだ。そのため、戦いに敗れた後は佐渡に流されてしまう。島に二十二年住み、病気になり崩御されたが、噂では自ら命を絶たれたと伝えられている。隠岐《おき》に流された父の後鳥羽院ともども、政治的には悲劇の親子と言えるだろうね。

## 朝廷が栄えていた、古きよき時代を思う

この歌が詠まれたのは、順徳天皇が20歳のときで、時は承久の乱が起こるより五年前のこと。「百敷」は「宮中」のことで、「しのぶ」には植物の「しのぶ草」と、昔を「偲ぶ」が掛けられている。しのぶ草が軒端に生えるというのは、家や庭が荒廃する様子を象徴しているんだ。

「なほあまりある」は「いくら偲んでも偲びきれない」ことで、「昔」、つまり宮中が栄えていた頃（天皇親政が行なわれた延喜・天暦の治）を思い、自分もそんな時代に生まれたかったなぁという羨望とが含まれている気がするなぁ。

この順徳院の歌は、宮中がもっとも栄えていた時代をうらやみ、衰えてしまった朝廷の力は再び戻ることはないことを痛切な思いで詠まれている。その裏にある朝廷の繁栄への願望が「なほあまりある」のところで感じられ、静かに燃える院の心情に共鳴して思わず感動してしまう。承久の乱以前に詠まれた歌だけど、哀しい最期を迎え

る未来を予見するような内容になっていて、涙を誘う名歌だ。

## この歌を『百人一首』の締めくくりにした理由

『百人一首』の締めくくりを後鳥羽院・順徳院の親子にしたのは、ボクなりの考えがあったからなんだ。

順徳院の歌は確かに寂しい幕切れの歌だから、『百人一首』の締めくくりとしてはどうかとも思った。99番の後鳥羽院と合わせてみても、湿っぽい終わり方だと批判されても仕方がないところだ。また、お二人をよく知る身として、身びいきと言われることも覚悟している。

でも、政治的には負けてしまった後鳥羽院・順徳院親子は、和歌をこよなく愛した親子でもいらしたんだ。そのお二人に『百人一首』のトリを飾っていただくという形で、ボクなりの敬意を表わさずにはいられなかったんだよ。

そして、同時にこのお二人の歌を通じて、『百人一首』は「人生」のすべてを表わすものとして、その締めくくりは人間の哀しい宿命を感じさせるものにしたかったんだ。

# 『百人一首』歌番号順索引

12 天つ風 雲のかよひぢ 吹きとぢよ 乙女の姿 しばしとどめむ 僧正遍昭 203

13 筑波嶺の 峯より落つる みなの川 恋ぞつもりて 淵となりぬる 陽成院 56

14 陸奥の しのぶもぢずり 誰故に みだれ初めにし 我ならなくに 河原左大臣 59

15 君がため 春の野に出でて 若菜つむ わが衣手に 雪は降りつつ 光孝天皇 148

16 立別れ いなばの山の 嶺におふる まつとし聞かば 今帰り来む 中納言行平 263

17 ちはやぶる 神代も聞かず 龍田川 から紅に 水くくるとは 在原業平朝臣 25

18 住の江の 岸による浪 よるさへや 夢の通ひ路 人目よくらむ 藤原敏行朝臣 206

19 難波潟 短き葦の ふしのまも あはでこの世を すぐしてよとや 伊勢 102

20 侘びぬれば 今はた同じ 難波なる 身をつくしても 逢はむとぞ思ふ 元良親王 62

21 今来むと いひしばかりに 長月の 有明の月を 待ち出でつるかな 素性法師 208

22 吹くからに 秋の草木の しをるれば むべ山風を 嵐といふらむ 文屋康秀 210

23 月見れば 千々にものこそ 悲しけれ わが身ひとつの 秋にはあらねど 大江千里 266

24 このたびは 幣もとりあへず 手向山 紅葉の錦 神のまにまに 菅家 151

25 名にしおはば 逢坂山の さねかづら 人にしられで くるよしもがな 三条右大臣 65

26 小倉山 峯のもみぢ葉 心あらば 今ひとたびの みゆき待たなむ 貞信公 154

27 みかの原 わきて流るる 泉川 いつ見きとてか 恋しかるらむ　中納言兼輔 68

28 山里は 冬ぞ寂しさ まさりける 人目も草も かれぬと思へば　源宗于朝臣 212

29 心あてに 折らばや折らむ 初霜の 置きまどはせる 白菊の花　凡河内躬恒 214

30 有明の つれなく見えし 別れより 暁ばかり 憂きものはなし　壬生忠岑 216

31 朝ぼらけ 有明の月と 見るまでに 吉野の里に 降れる白雪　坂上是則 218

32 山がはに 風のかけたる しがらみは 流れもあへぬ 紅葉なりけり　春道列樹 233

33 久方の 光のどけき 春の日に しづこころなく 花の散るらむ　紀友則 224

34 誰をかも 知る人にせむ 高砂の 松も昔の 友ならなくに　藤原興風 268

35 人はいさ 心もしらず ふるさとは 花ぞ昔の 香ににほひける　紀貫之 28

36 夏の夜は まだ宵ながら 明けぬるを 雲のいづこに 月宿るらむ　清原深養父 156

37 白露に 風の吹きしく 秋の野は つらぬきとめぬ 玉ぞ散りける　文屋朝康 235

38 忘らるる 身をば思はず 誓ひてし 人の命の 惜しくもあるかな　右近 105

39 浅茅生の 小野の篠原 しのぶれど あまりてなどか 人の恋しき　参議等 71

40 忍ぶれど 色に出でにけり わが恋は ものや思ふと 人の問ふまで　平兼盛 158

41 恋すてふ わが名はまだき 立ちにけり 人知れずこそ 思ひそめしか　壬生忠見 161

57 めぐり逢ひて 見しやそれとも わかぬまに 雲がくれにし 夜半の月かな　紫式部　34
58 有馬山 ゐなのささ原 風吹けば いでそよ人を 忘れやはする　大弐三位　108
59 やすらはで 寝なましものを 小夜更けて かたぶくまでの 月を見しかな　赤染衛門　37
60 大江山 いくのの道の 遠ければ まだふみも見ず 天の橋立　小式部内侍　111
61 いにしへの 奈良の都の 八重ざくら 今日九重に 匂ひぬるかな　伊勢大輔　114
62 夜をこめて 鳥のそら音は はかるとも よに逢坂の 関はゆるさじ　清少納言　40
63 今はただ 思ひ絶えなむ とばかりを 人づてならで 言ふよしもがな　左京大夫道雅　183
64 朝ぼらけ 宇治の川霧 絶えだえに あらはれ渡る 瀬々の網代木　権中納言定頼　252
65 恨み侘び ほさぬ袖だに あるものを 恋に朽ちなむ 名こそ惜しけれ　相模　116
66 もろともに あはれと思へ 山ざくら 花よりほかに 知る人もなし　大僧正行尊　270
67 春の夜の 夢ばかりなる 手枕に かひなくたたむ 名こそ惜しけれ　周防内侍　118
68 心にも あらで憂き世に ながらへば 恋しかるべき 夜半の月かな　三条院　272
69 嵐ふく 三室の山の もみぢ葉は 龍田の川の 錦なりけり　能因法師　238
70 寂しさに 宿を立ち出でて 眺むれば いづこも同じ 秋の夕暮　良暹法師　240
71 夕されば 門田の稲葉 おとづれて あしのまろやに 秋風ぞ吹く　大納言経信　242

72 音に聞く 高師の浜の あだ浪は かけじや袖の ぬれもこそすれ 祐子内親王家紀伊 121
73 高砂の 尾の上の桜 咲きにけり 外山の霞 たたずもあらなむ 権中納言匡房 227
74 うかりける 人を初瀬の 山おろしよ はげしかれとは 祈らぬものを 源俊頼朝臣 186
75 契りおきし させもが露を 命にて あはれ今年の 秋もいぬめり 藤原基俊 165
76 わたの原 漕ぎ出でて見れば 久方の 雲居にまがふ 沖つ白浪 法性寺入道前関白太政大臣 167
77 瀬を早み 岩にせかるる 滝川の われても末に 逢はむとぞ思ふ 崇徳院 188
78 淡路島 かよふ千鳥の 鳴く声に いくよ寝覚めぬ 須磨の関守 源兼昌 254
79 秋風に たなびく雲の 絶え間より もれ出づる月の 影のさやけさ 左京大夫顕輔 244
80 ながからむ 心も知らず 黒髪の みだれてけさは ものをこそ思へ 待賢門院堀河 124
81 ほととぎす 鳴きつる方を 眺むれば ただ有明の 月ぞ残れる 後徳大寺左大臣 229
82 思ひわび さても命は あるものを 憂きにたへぬは 涙なりけり 道因法師 191
83 世の中よ 道こそなけれ 思ひ入る 山の奥にも 鹿ぞなくなる 皇太后宮大夫俊成 275
84 ながらへば またこのごろや しのばれむ うしと見し世ぞ 今は恋しき 藤原清輔朝臣 277
85 夜もすがら もの思ふころは 明けやらで ねやのひまさへ つれなかりけり 俊恵法師 95
86 嘆けとて 月やはものを 思はする かこち顔なる わが涙かな 西行法師 43

87 村雨の 露もまだひぬ 真木の葉に 霧立ちのぼる 秋の夕暮 寂蓮法師 246

88 難波江の あしのかりねの 一夜ゆゑ みをつくしてや 恋わたるべき 皇嘉門院別当 98

89 玉の緒よ 絶えなば絶えね ながらへば 忍ぶることの 弱りもぞする 式子内親王 46

90 見せばやな 雄島のあまの 袖だにも 濡れにぞ濡れし 色はかはらず 殷富門院大輔 127

91 きりぎりす なくや霜夜の さむしろに 衣かたしき 独りかも寝む 後京極摂政太政大臣 248

92 わが袖は 汐干に見えぬ 沖の石の 人こそ知らね 乾く間もなし 二条院讃岐 130

93 世の中は 常にもがもな 渚こぐ 海士の小舟の 綱手かなしも 鎌倉右大臣 279

94 みよし野の 山の秋風 小夜更けて 故郷寒く 衣うつなり 参議雅経 250

95 おほけなく うき世の民に おほふかな わが立つ杣に 墨染めの袖 前大僧正慈円 281

96 花さそふ あらしの庭の 雪ならで ふりゆくものは わが身なりけり 入道前太政大臣 284

97 来ぬ人を 松帆の浦の 夕なぎに 焼くや藻塩の 身もこがれつつ 権中納言定家 49

98 風そよぐ 楢の小川の 夕ぐれは みそぎぞ夏の しるしなりける 従二位家隆 231

99 人もをし 人もうらめし あぢきなく 世を思ふ故に もの思ふ身は 後鳥羽院 286

100 百敷や 古き軒端の しのぶにも なほあまりある 昔なりけり 順徳院 289

【主な参考文献】

『一冊でわかる 百人一首』吉海直人監修（成美堂出版）／『原色小倉百人一首』鈴木日出男ほか著（文英堂）／『百人一首大事典』吉海直人監修（あかね書房）／『百人一首の歴史学』関幸彦著（日本放送出版協会）／『和歌・俳諧史人名事典』（日外アソシエーツ）／『コンサイス日本人名事典』（三省堂）／『歴代天皇がよくわかる本』高森明勅監修、『こんなに面白かった「百人一首」』吉海直人監修（以上、PHP研究所）／『ドラマティック百人一首』堀江宏樹（大和書房）／『水底の歌　柿本人麿論』梅原猛著（新潮社）／『百人一首の作者たち』目崎徳衛著、『新版　古今和歌集』高田祐彦訳注、『新古今和歌集　上・下』久保田淳訳注（以上、角川学芸出版）／『日本古典文学全集8　竹取物語　伊勢物語　大和物語　平中物語』片桐洋一ほか校注・訳、『日本古典文学全集20　大鏡』橘健二校注・訳（以上、小学館）／『枕草子　ワイド版岩波文庫』池田亀鑑校訂、『新日本古典文学大系1～4　萬葉集一～四』佐竹昭広ほか校注、『新日本古典文学大系10　千載和歌集』片野達郎ほか校注、『新日本古典文学大系20　源氏物語二』柳井滋ほか校注、『新日本古典文学大系24　土佐日記　蜻蛉日記　紫式部日記　更級日記』長谷川政春ほか校注、『新日本古典文学大系35　今昔物語集三』池上洵一校注、『新日本古典文学大系42　宇治拾遺物語　古本説話集』三木紀人ほか校注（以上、岩波書店）／『子規全集　第七巻　歌論　選歌』正岡子規著（講談社）／『戸田茂睡全集』（国書刊行会）

本書は、本文庫のために書き下ろされたものです。

# 眠《ねむ》れないほどおもしろい百人一首《ひやくにんいつしゆ》

著者　板野博行（いたの・ひろゆき）
発行者　押鐘太陽
発行所　株式会社三笠書房
〒102-0072 東京都千代田区飯田橋3-3-1
電話　03-5226-5734（営業部） 03-5226-5731（編集部）
http://www.mikasashobo.co.jp
印刷　誠宏印刷
製本　ナショナル製本




ISBN978-4-8379-6697-5 C0195




＊落丁・乱丁本は当社営業部宛にお送りください。お取替えいたします。
＊定価・発行日はカバーに表示してあります。

王様文庫

王様文庫

# 気くばりがうまい人のものの言い方

山﨑武也

「ちょっとした言葉の違い」を人は敏感に感じとる。だから……◎自分のことは「過小評価」、相手のことは「過大評価」◎「ためになる話」に「ほっとする話」をブレンドする◎「なるほど」と「さすが」の大きな役割◎「ノーコメント」でさえ心の中がわかる

# 眠れないほどおもしろい「密教」の謎

並木伸一郎

弘法大師・空海の息吹が伝わる東寺・国宝「両界曼荼羅図」のカラー口絵つき！　真言、印、護摩修法、即身成仏……なぜ「神通力」が身についてしまうのか？　密教の「不可思議な世界」を堪能する本！「呪術・愛欲の力」さえ飲み込む驚異の神秘体系をわかりやすく解説！

# 眠れないほどおもしろいやばい文豪

板野博行

文豪たちは、「やばい！」から「すごい！」◇炸裂するナルシシズム！「みずから神にしたい一人だった」◇「女は『神』か『玩具』かのいずれかである」◇「純愛一筋」から「火宅の人」に大豹変！◇なぞの自信で短歌を連発！　天才的たかり魔……全部、「小説のネタ」だった⁉

K30537

## 眠れないほどおもしろい万葉集

板野博行

ページをひらいた瞬間「万葉ロマン」の世界が広がる一冊！　○『万葉集』の巻頭を飾るのはナンパの歌!?　○ミステリアス美女・額田王の大傑作は「いざ出陣、エイエイオー！」の歌　○中臣鎌足の〝ドヤ顔〟が思い浮かぶ歌……あの歌に込められた〝驚きのエピソード〟とは!?

## 世界史ミステリー

博学面白倶楽部

歴史にはこんなに〝裏〟がある。だから、面白い！●いったい誰が書いたのか!?　マルコ・ポーロの『東方見聞録』●タイタニック沈没にまつわる「浮かばれない噂」●リンカーン暗殺を指示した〝裏切り者〟とは？……浮かび上がる〝謎〟と〝闇〟！

## 日本史ミステリー

博学面白倶楽部

「あの大事件・人物」の謎、奇跡、伝説――「まさか」があるから、歴史は面白い！●最後の勘定奉行に疑惑あり！「徳川埋蔵金」のゆくえ●今なお続く奇習が伝える、平家の落人の秘密●あの武将も、あの政略結婚も〝替え玉〟だった……衝撃と驚愕が迫る！

K30505